हिन्द पॉकेट बुक्स

एलिस इन वंडरलैंड

एलिस के कारनामों की ही तरह अजीब दास्तान इसके रचयिता चार्ल्स लुत्विज डॉजसन (लुइस केरौल) की भी है। ऐसा लगता है कि मध्य विक्टोरियन युग के इस लेखक ने दो तरह के जीवन जिए।

27 जनवरी, 1832 में डेरस्बरी, इंग्लैंड में जन्मे डॉजसन, चर्च में कार्यरत अपने पिता की सबसे बड़ी सन्तान थे। बचपन में वह अपनी एक अलग ही दुनिया में खोए रहते थे। 1851 में वह ऑक्सफ़ोर्ड विश्वविद्यालय के गणित विभाग में दाखिल हुए और स्नातक करने के बाद यहीं अध्यापन के कार्य में जुट गए। सिद्धान्तों पर अटल होने की वजह से वह कुछ मामलों में कठोर भी थे। कम ही लोगों को मालूम होगा कि ज्यामिति और सांकेतिक तर्कशास्त्र पर भी उन्होंने एक किताब लिखी थी। 1861 में वह चर्च के तीसरे दर्जे के अधिकारी नियुक्त किए गए।

इस बीच वह तरह-तरह से अनोखी चीज़ों में अपना हाथ आज़माते रहे। 1855 में उन्होंने अपनी प्रसिद्ध बिना अर्थ वाली कविता लिखी। उन्होंने कई मज़ाक़िया और दिलचस्प स्केच बनाए और बच्चों की तस्वीरें खींचने वाले सदी के प्रख्यात फ़ोटोग्राफ़रों के बीच उन्होंने अपनी जगह बनाई। इसके अलावा उन्होंने बहुत ही अनोखा और मौलिक साहित्य लेखन भी किया। जिनमें अपने मित्र और कॉलेज के डीन की बेटी के लिए लिखे गए एलिस के दो कारनामे भी शामिल थे। 14 जनवरी 1898 में, इंग्लैंड के गिल्डफ़ोर्ड में उनका देहांत हो गया।

एलिस इन वंडरलैंड

एलिस आश्चर्यलोक में

लुइस केरौल

हिन्द पॉकेट बुक्स
पेंगुइन रैंडम हाउस इम्प्रिंट

हिन्द पॉकेट बुक्स

यूएसए | कनाडा | यूके | आयरलैंड | ऑस्ट्रेलिया | सिंगापुर
न्यू ज़ीलैंड | भारत | दक्षिण अफ्रीका | चीन

हिन्द पॉकेट बुक्स, पेंगुइन रैंडम हाउस ग्रुप ऑफ़ कम्पनीज़ का हिस्सा है,
जिसका पता global.penguinrandomhouse.com पर मिलेगा

पेंगुइन रैंडम हाउस इंडिया प्रा. लि.,
चौथी मंजिल, कैपिटल टावर -1, एम जी रोड,
गुड़गांव 122 002, हरियाणा, भारत

पेंगुइन
रैंडम हाउस
इंडिया

प्रथम संस्करण हिन्द पॉकेट बुक्स द्वारा 2006 में प्रकाशित
यह संस्करण हिन्द पॉकेट बुक्स में पेंगुइन रैंडम हाउस द्वारा 2022 में प्रकाशित

10 9 8 7 6 5 4 3 2

इस पुस्तक में व्यक्त विचार लेखक के अपने हैं, जिनका यथासंभव तथ्यात्मक सत्यापन किया गया है, और इस संबंध में प्रकाशक एवं सहयोगी प्रकाशक किसी भी रूप में उत्तरदायी नहीं हैं।

ISBN 9789353492229

मुद्रकः रेप्रो इंडिया लिमिटेड

www.penguin.co.in

FSC
www.fsc.org
MIX
Paper from responsible sources
FSC® C047271

This is a legitimate digitally printed version of the book and therefore might not have certain extra finishing on the cover.

क्रम

ख़रगोश के बिल में

गर्मियों के मौसम में एक दिन एलिस अपनी बहन के साथ नदी के किनारे यूं ही बैठी हुई थी। कोई भी काम न होने की वजह से वह ऊब गई थी। एक-दो बार उसने उस किताब पर भी नज़र डाली, जिसे उसकी बहन पढ़ रही थी। लेकिन किताब में न तो कोई तस्वीर थी और न ही कोई बातचीत। एलिस ने सोचा : ऐसी किताब भी किस काम की, जिसमें न तो कोई तस्वीर हो और न ही संवाद !

अभी वह यह तय करने की कोशिश कर ही रही थी कि क्या वह माला बनाने के लिए डेज़ी के कुछ फूलों को तोड़ने के लिए उठे या नहीं, कि तभी गुलाबी आंखों वाला एक ख़रगोश उसके पास से गुज़रा।

गर्म मौसम की वजह से वह बहुत उनींदी हो चुकी थी।

और उसने इस ओर ध्यान भी नहीं दिया कि वह ख़रगोश ख़ुद से बातें कर रहा था, "ओह हो ! इतने ख़ास दिन भी मैं लेट हो रहा हूं !"

बाद में जब उसने इस बारे में सोचा तो उसे लगा कि उसे तो इस पर आश्चर्य होना चाहिए था, लेकिन उस वक़्त तो यह एक़दम नॉर्मल लगा था।

लेकिन जब ख़रगोश ने अपनी वास्कट की जेब से एक घड़ी निकाली और टाइम देखा, फिर दौड़ने-सा लगा, तो एलिस उछल पड़ी।

अचानक उसे यह महसूस हुआ कि उसने आज से पहले कभी ऐसा ख़रगोश नहीं देखा, जिसने जेब वाली वास्कट पहनी हुई हो या जिसके पास घड़ी हो।

उत्सुकता के मारे वह उसके पीछे-पीछे मैदान में दौड़ पड़ी। एकदम ठीक मौक़े पर उसने ख़रगोश को झाड़ियों के नीचे बने एक बड़े-से बिल में घुसते देख लिया।

एक पल के लिए भी झिझके बिना एलिस उसके पीछे-पीछे बिल में कूद गई। उसने एक बार भी नहीं सोचा कि वह वहां से वापस बाहर कैसे आएगी।

ख़रगोश का बिल कुछ दूर तक तो सुरंग की तरह एकदम सीधे आगे चला गया था, और फिर एकाएक वह एक गहरे कुएं में उतर गया। यह सब-कुछ इतना अचानक हुआ कि उसमें गिरने से पहले एलिस को रुकने के बारे में सोचने का मौक़ा ही नहीं मिला।

या तो कुआं बहुत गहरा था या फिर वह बहुत धीरे-धीरे नीचे गिर रही थी, क्योंकि अपने चारों तरफ़ देखने के लिए उसके पास काफ़ी वक़्त था और आगे होने वाली घटनाओं पर वह पहले ही आश्चर्य प्रकट कर सकती थी।

पहले तो एलिस ने नीचे यह देखने की कोशिश की, कि आख़िर वह जा कहां रही है, लेकिन नीचे इतना अंधेरा था कि उसे कुछ भी नहीं दिख रहा था। फिर वह कुएं की दीवारों को देखने लगी और उसने पाया कि वे सामानों और किताबों की रैकों से भरी पड़ी हैं। यहां-वहां खूंटियों पर नक्शे और तस्वीरें लटकी हुई हैं।

वहां से गुज़रते हुए उसने एक रैक से एक मर्तबान खींच लिया। मर्तबान पर चिप्पी लगी हुई थी : सन्तरे का मुरब्बा। यह देखकर उसे बहुत निराशा हुई कि मर्तबान ख़ाली था। एलिस मर्तबान को नीचे नहीं

गिराना चाहती थी, क्योंकि उसे लगा कि अगर वहां नीचे कोई हुआ तो वह मर्तबान से चोट खाकर मर भी सकता है। आख़िरकार, किसी तरह उसने गिरते-गिरते इसे एक रैक पर रख ही दिया।

एलिस ने मन-ही-मन सोचा : यह भी ख़ूब रही! एक बार इस तरह से नीचे गिरने के बाद तो सीढ़ियों से नीचे उतरते वक़्त लुढ़कने के बारे में सोचने की ज़रूरत भी नहीं पड़ेगी! घर में सभी लोग सोचेंगे कि मैं कितनी बहादुर हूं! लेकिन चाहे मैं छत से ही क्यों न गिर पड़ूं, पर इसके बारे में किसी को कुछ भी नहीं बताऊंगी।

नीचे, नीचे, और नीचे। क्या इस तरह नीचे गिरते रहने का कोई अन्त होगा? आश्चर्यचकित होकर उसने ज़ोर से पूछा, "मुझे आश्चर्य हो रहा है कि मैं अब तक कितने मील गिर चुकी होऊंगी? शायद मैं पृथ्वी के केन्द्र के नज़दीक कहीं पर पहुंच चुकी हूं। मेरे ख़याल से यह क़रीब चार हज़ार मील नीचे होगा।"

एलिस ने स्कूल में इस तरह की कई चीज़ें पढ़ रखी थीं। हालांकि अपनी बुद्धिमानी दिखाने का यह कोई ख़ास अच्छा मौक़ा तो नहीं था, क्योंकि यहां पर उसकी बातें सुनने वाला कोई भी नहीं था। पर फिर भी दोहराने से अच्छा-ख़ासा अभ्यास हो जाता था। वह बोली, "लेकिन, तब फिर मुझे इस बात पर आश्चर्य होगा कि मैं कितने अक्षांश और देशान्तर तक पहुंच चुकी हूं।"

एलिस को यहां के अक्षांश और देशान्तर के बारे में कुछ भी मालूम नहीं था, लेकिन उसे लगा कि ये शब्द इतने लम्बे-चौड़े हैं कि उन्हें बोलना बहुत अच्छा लगेगा।

उसने फिर से बोलना शुरू कर दिया, "मुझे तो आश्चर्य हो रहा है कि अगर मैं गिरते-गिरते धरती के दूसरे छोर पर पहुंच गई तो! तो मैं वहां के लोगों से उनके देश का नाम पूछूंगी। मैम, प्लीज़ मुझे बताइए कि क्या यह न्यूज़ीलैंड है? या ऑस्ट्रेलिया?"

बोलते वक़्त एलिस ने झुककर नमस्ते करने की कोशिश की। लेकिन क्या तुम हवा में नीचे गिरते वक़्त झुककर नमस्ते करने की कल्पना कर सकते हो? क्या तुम्हें लगता है कि तुम ऐसा कर पाओगे?

एलिस बोली, "ऐसा पूछने पर वह सोचेंगी कि यह लड़की कितनी बेवक़ूफ़ है! नहीं, यह पूछना ठीक नहीं रहेगा। इसके बजाय तो मैं कोशिश करके यह देखूंगी कि उस देश का नाम मुझे कहीं पर लिखा हुआ मिल जाए।"

नीचे, नीचे और नीचे! एलिस नीचे गिरती ही जा रही थी। वहां पर कुछ और करने को था भी नहीं, इसलिए वह फिर से बोलने लगी। अबकी बार वह अपनी प्यारी बिल्ली दीना के बारे में बोलने लगी।

वह चिल्लाई, "आज रात तो दीना को मेरी बहुत याद आएगी। ओह, मुझे तो लगता है, चाय के वक़्त घरवालों को भी मेरी दूध की प्याली की याद आएगी। दीना, मेरी प्यारी दीना, काश, तुम भी यहां मेरे साथ होती। मुझे डर है कि यहां हवा में तुम्हें चूहे तो नहीं मिलेंगे, पर शायद तुम चमगादड़ तो पकड़ ही लेती। वैसे भी तुम तो जानती ही हो कि यह चूहों से कितने मिलते-जुलते होते हैं। लेकिन मुझे तो इस पर आश्चर्य हो रहा है कि क्या बिल्लियां चमगादड़ों को खाती हैं?"

और यह बोलते-बोलते एलिस को नींद-सी आने लगी और वह मानो ख़ुद से सपने में बोले जा रही थी, "क्या बिल्लियां चमगादड़ों को खाती हैं? क्या बिल्लियां चमगादड़ों को खाती हैं?" कई बार तो वह यह पूछ बैठती, "क्या चमगादड़ बिल्लियों को खाते हैं?"

अब तुम तो देख ही रहे हो कि सवाल को वह चाहे जिस भी ढंग से पूछ रही हो, पर जवाब तो नहीं ही दे पा रही थी।

उसे ऐसा लगा कि वह ऊंघते-ऊंघते सो गई है और सपना देख रही है। सपने में वह दीना के हाथों में हाथ डाले घूम रही थी, "दीना, ज़रा

मुझे सच-सच बताओ तो, क्या तुमने कभी कोई चमगादड़ खाया है ?"

अचानक धप, धप, धप की आवाज़ के साथ एलिस सूखी पत्तियों और तिनकों के ढेर पर गिर पड़ी और इस तरह उसके नीचे-नीचे-नीचे गिरने का सिलसिला ख़त्म हो गया।

एलिस को ज़रा-सी भी चोट नहीं लगी और तुरन्त ही वह खड़ी हो गई। उसने ऊपर की तरफ़ देखा, पर वहां तो अंधेरा था। उसके सामने एक और लम्बा रास्ता पसरा हुआ था और वह सफ़ेद ख़रगोश तेज़ी से इसी रास्ते पर आगे भागा जा रहा था।

अब तो एक पल भी बरबाद नहीं किया जा सकता! एलिस हवा की तरह उसकी ओर उड़ चली। जब वह कोने की ओर मुड़ा, तो ठीक उसी समय एलिस ने उसे यह कहते सुना, "ओह, मेरे कानों और मेरी गलमूंछों, मुझे कितनी देर होती जा रही है!"

कोने पर मुड़ते समय तक एलिस उसके ठीक पीछे थी, मगर अब वह ख़रगोश कहीं भी नज़र नहीं आ रहा था। एलिस ने अपने-आप को नीची छत वाले एक लम्बे हॉल में पाया। छत से लटकते लैम्पों की वजह से यहां उजाला हो रहा था।

हॉल में चारों तरफ़ दरवाज़े-ही-दरवाज़े थे, लेकिन सारे दरवाज़ों पर ताले लगे हुए थे। इस तरफ़ से उस तरफ़ तक हर दरवाज़े को खोलने की कोशिश करते हुए, एलिस उदास होकर हॉल के बीच से गुज़री। वह कुछ भी नहीं कर पा रही थी और सोच रही थी कि वह दुबारा यहां से बाहर कैसे निकल पाएगी।

अचानक एलिस तीन पांवों वाली एक छोटी मेज़ के पास पहुंची, जो शीशे की बनी थी। इसके ऊपर सोने की एक छोटी-सी चाभी रखी हुई थी। एलिस के दिमाग़ में सबसे पहला ख़याल यह आया कि हो न हो यह हॉल के ही किसी दरवाज़े की चाभी है।

लेकिन अफ़सोस! या तो ताले बहुत बड़े थे या फिर यह चाभी बहुत छोटी थी। चाहे कुछ भी हो, पर यह चाभी इनमें से कोई भी दरवाज़ा नहीं खोल सकती थी।

हालांकि दूसरी बार एलिस ने ग़ौर किया कि वहां पर एक छोटा पर्दा भी था, जिसे उसने इससे पहले नहीं देखा था। इसके पीछे लगभग पन्द्रह इंच छोटा एक दरवाज़ा था। उसने ताले में सोने की चाभी डाली और ताला खुल गया। एलिस ख़ुश हो गई।

एलिस ने दरवाज़ा खोला और देखा कि वहां से एक छोटा-सा रास्ता जा रहा था, जो चूहे के बिल से ज़्यादा बड़ा नहीं था। एलिस ने घुटनों के बल बैठकर रास्ते से बाहर की ओर एक बहुत ही ख़ूबसूरत बग़ीचा देखा। इससे सुन्दर बग़ीचा उसने आज तक नहीं देखा था।

पता नहीं इस अंधेरे हॉल से बाहर निकलने और उन ख़ूबसूरत फुलवारियों और ठंडे पानी के झरनों के पास घूमने के लिए, उसे अभी और कितनी देर इन्तज़ार करना होगा! लेकिन, वह तो उस छोटे दरवाज़े से अपना सिर तक बाहर नहीं निकाल सकती थी!!

एलिस ने बेचैन होकर सोचा : अगर मेरा सिर बाहर निकल भी गया, तो भी हाथों के बिना तो मज़ा अधूरा ही रह जाएगा। ओह, काश, मैं उनके एकदम नज़दीक पहुंच पाती। मेरे ख़याल से मैं वहां पहुंच तो सकती हूं, पर अगर मुझे सिर्फ़ यह पता चल जाए कि यह काम शुरू कैसे करना है।

बाद में तो इतनी बेसिर-पैर की बातें हुईं कि एलिस को लगने लगा कि वाक़ई बहुत ही कम ऐसी चीज़ें होती हैं, जो कि सचमुच असम्भव हों।

उस छोटे दरवाज़े पर बैठकर इन्तज़ार करते रहने का कोई फ़ायदा नहीं था, इसलिए वह उठकर वापस मेज़ के पास चली गई। उसे

थोड़ी-सी उम्मीद थी कि शायद मेज़ पर वह एक और चाभी पा जाए। वरना वहां पर नियमों की कोई किताब तो ज़रूर ही होनी चाहिए थी, ताकि लोग उसे पढ़ने के बाद छोटे दरवाज़े से होकर उस बग़ीचे तक पहुंच सकें।

इस बार मेज़ पर उसे एक छोटी-सी बोतल रखी मिली, जो कि निश्चित ही इससे पहले वहां पर नहीं थी। बोतल की गर्दन पर एक पर्ची लगी हुई थी, जिस पर बड़े-बड़े अक्षरों में लिखा था : 'मुझे पीजिए'।

सुनने में तो यह बहुत अच्छा लगता था कि 'मुझे पीजिए', लेकिन एलिस एक समझदार लड़की थी और वह कोई जल्दबाज़ी करने नहीं जा रही थी।

वह बोली, "नहीं, पहले मुझे अच्छी तरह यह देख लेना चाहिए कि इस पर कहीं भी 'ज़हर' तो नहीं लिखा हुआ है!" उसने बच्चों के बारे में लिखी गई कुछ छोटी पर अच्छी कहानियां पढ़ रखी थीं, जिसमें जंगली जानवर और कुछ अजीबोग़रीब डरावनी चीज़ें उन्हें भून डालते थे और खा जाते थे। यह सब उन बच्चों के साथ इसलिए होता था, क्योंकि वे अपने दोस्तों द्वारा सिखाई कुछ बहुत ही सरल-सी बातों को याद नहीं रख पाते थे।

पहली सीख यह थी कि अगर तुम किसी दहकती हुई गरम सींक को ज़्यादा देर तक पकड़े रहोगे, तो यह तुम्हें जला देगी। दूसरी, अगर तुम अपनी उंगली को किसी छुरे से गहरा काट बैठो, तो उससे ख़ून निकलने लगेगा। एक और बात, जो वह कभी नहीं भूलती थी, वह यह थी कि अगर किसी बोतल पर 'ज़हर' लिखा हो और तुम उसे ज़्यादा पी जाओ, तो यह देर-सबेर तुम्हारी जान ले ही लेगा।

चूंकि वह छोटी बोतल एकदम सुरक्षित लग रही थी, इसलिए एलिस ने उसे चखने की हिम्मत कर ली। इसका स्वाद बहुत ही बढ़िया

मुझे पियो

था। इसमें खट्टी-मीठी चेरी, कस्टर्ड, अन्ननास, भुनी हुई टर्की, टॉफी, और मक्खन वाले गर्मागर्म टोस्ट का मिला-जुला स्वाद था। और वह गटागट पूरी बोतल पी गई।

एलिस ख़ुशी से चीख़ उठी, "बहुत ही ग़ज़ब का-सा लग रहा है। अरे-अरे, शायद मैं सिकुड़कर छोटी होती जा रही हूं।"

एकदम यही हो भी रहा था। वह सिर्फ़ दस इंच की रह गई थी। यह सोचकर उसका चेहरा खिल उठा कि अब वह इतनी छोटी हो गई है कि उसे छोटे दरवाज़े से उस प्यारे-से बग़ीचे में जा सकती है।

हालांकि वह कुछ मिनटों तक यह देखने के लिए रुकी रही कि कहीं वह और छोटी तो नहीं हो रही है। वह इससे थोड़ा घबरा भी रही थी। एलिस ख़ुद से बोली, "इस तरह छोटी होते-होते तो मैं शायद मोमबत्ती की तरह ख़त्म ही हो जाऊंगी। कितने आश्चर्य की बात है, पर तब मैं कैसी दिखूंगी?"

और उसने यह कल्पना करने की कोशिश की कि मोमबत्ती के पूरा जल चुकने के बाद उसकी लौ कैसी दिखती है। ऐसी कोई चीज़ उसने कभी देखी ही नहीं थी, इसलिए उसे यह याद भी नहीं आया।

कुछ देर बाद, जब उसने यह देख लिया कि वह अब और छोटी नहीं होगी, तो उसने बग़ीचे में जाने का फ़ैसला किया। लेकिन अफ़सोस! जब बेचारी एलिस दरवाज़े पर पहुंची, तो उसने पाया कि वह सोने की छोटी चाभी लाना तो भूल ही गई है। चाभी लाने के लिए वह जल्दी से वापस मेज़ की ओर गई, लेकिन वहां पहुंचकर उसने देखा कि अब मेज़ तक पहुंचना उसके बस की बात नहीं रह गई थी, क्योंकि अब वह ज़रा-सी हो गई थी।

शीशे की मेज़ पर रखी चाभी एलिस को नीचे से दिखलाई पड़ रही थी। उसने मेज़ के एक पाये पर चढ़ने की भरसक कोशिश की, लेकिन

वह बहुत ही चिकना था। उस पर चढ़ने की कोशिश करते-करते वह बेचारी ज़रा-सी थककर चूर हो गई और ज़मीन पर बैठकर रोने लगी।

एलिस ने ख़ुद को समझाया, "देखो, इस तरह रोते रहने से कोई फ़ायदा नहीं होगा। मेरी सलाह तो यह है कि तुम इसी पल यह रोना-धोना बन्द कर दो।"

आमतौर पर वह ख़ुद को बहुत ही बढ़िया नसीहतें देती थी, पर उन्हें मानना या न मानना तो उसी पर निर्भर करता था।

कभी-कभी तो वह ख़ुद को इतनी बुरी तरह से डांटती-फटकारती थी कि उसकी आंखों में आंसू आ जाते थे। एक बार तो स्वयं अपने साथ खेलते हुए उसने ख़ुद को ही थप्पड़ मारने की कोशिश भी की थी। उसे याद था कि उस खेल में वह ख़ुद को धोखा देने की कोशिश कर रही थी। असल में, इस जिज्ञासु लड़की को एक साथ दो लोगों का स्वांग भरना पसन्द था।

एलिस ने सोचा : लेकिन अभी तो दो लोगों की तरह दिखने का नाटक करके कोई फ़ायदा नहीं है, क्योंकि अभी तो मैं ख़ुद ही इतनी छोटी हो गई हूं कि अगर मैं सही ढंग से एक इंसान की ही तरह का बर्ताव भी कर लूं तो ही काफ़ी है। उसी समय उसे मेज़ के नीचे रखा शीशे का एक छोटा-सा डिब्बा दिखाई दिया। उसने डिब्बे को खोला और देखा कि इसके अन्दर एक छोटा केक रखा हुआ है। केक पर किशमिश के दानों से सुन्दर अक्षरों में बनाकर लिखा हुआ था : "मुझे खाइए"।

एलिस बोली, "ठीक है, मैं इसे खा लेती हूं। हो सकता है कि इससे मैं इतनी बड़ी हो जाऊं कि फिर आराम से चाभी तक पहुंच जाऊं। अगर इसने मुझे और छोटा बना दिया, तो फिर मैं दरवाज़े के नीचे से रेंगकर बग़ीचे में चली जाऊंगी।"

धीरे-धीरे उसने इसका एक टुकड़ा खाया और अपने सिर पर यह देखने के लिए हाथ रखा कि कहीं वह बढ़ तो नहीं रही है। यह देखकर उसे आश्चर्य हुआ कि वह तो अभी भी उतनी की उतनी ही थी। यह बात तो पक्की है कि जब कोई केक खाता है, तो उसकी लम्बाई तो ज्यों की त्यों ही रहती है।

लेकिन एलिस को अजब-अनोखी चीज़ें देखने की इतनी आदत पड़ चुकी थी कि उसे ज़िन्दगी के पुराने ठर्रे पर चलती सीधी-सादी चीज़ें बहुत ही उबाऊ और मूर्खतापूर्ण लगने लगी थी।

इसलिए उसने अपना काम शुरू कर दिया और वह केक के हर टुकड़े को खाने लगी।

आंसुओं का तालाब

"ज़िन्दगी में कितनी अजीब से अजीबतर चीज़ें होती जा रही हैं," एलिस चिल्लाई। उस वक़्त वह इतनी आश्चर्यचकित हो गई थी कि वह अच्छी तरह से हिन्दी में बोलना तक भूल गई थी। "अब तो मैं दुनिया की सबसे बड़ी चीज़ से भी ज़्यादा बड़ी होती जा रही हूं।"

अपने पैरों की ओर देखने पर वह आश्चर्य से भर गई। वे उससे इतने दूर हो गए थे कि उसे ठीक से दिखाई भी नहीं दे रहे थे। उसने कहा, "अलविदा, प्यारे पैरो!"

"ओह, मेरे बेचारे नन्हे पैरो, अब कौन तुम्हें जूते और ज़ुराबें पहनाएगा? मेरे प्यारो, मैं तो यक़ीनन अब यह नहीं कर पाऊंगी। मैं तो तुमसे इतनी दूर होती जा रही हूं कि तुम्हारी फ़िक्र करके भी कुछ नहीं कर पाऊंगी।"

अब तुम्हें ख़ुद ही अच्छी तरह से अपना ख़याल रखना होगा... लेकिन मुझे ख़ुद भी उनके प्रति दयालु होना चाहिए : एलिस ने सोचा, वरना शायद वे उस राह पर न चलें, जिस पर मैं चलना चाहूं। ज़रा मुझे सोचने दो। मैं उन्हें हर क्रिसमस पर एक जोड़ी नए जूते उपहार दिया करूंगी।"

और वह ख़ुद ही यह योजना बनाने लगी कि वह कैसे इन्हें क़ाबू

में रखेगी। "ख़ुद अपने ही पैरों को उपहार भेजने की बात भी कितनी मज़ाक़िया लगेगी। ओह, मैं ये क्या ऊल-जुलूल सोचे जा रही हूं।"

ठीक उसी समय उसका सिर हॉल की छत से टकराया। असल में, अब वह नौ फुट ऊंचे हॉल से भी ज़्यादा लम्बी हो गई थी।

एलिस ने तुरन्त ही सोने की चाभी उठाई और बग़ीचे की ओर खुलने वाले दरवाज़े की ओर लपकी। बेचारी एलिस! अपनी एक बग़ल लेटकर, एक आंख से बग़ीचे को निहारते रहने के अलावा वह कुछ भी नहीं कर सकती थी। अब तो यहां से बाहर निकलने की कोई गुंजाइश ही नहीं! उदास और निराश होकर वह रोने लगी।

अपने-आप को डांटते हुए एलिस बोली, "तुम्हें ख़ुद पर शर्म आनी चाहिए, इतनी बड़ी लड़की होकर तुम इस तरह रो रही हो। मैं कहती हूं कि तुरन्त यह रोना-धोना बन्द करो।" लेकिन, एलिस रोए जा रही थी और घड़ों के हिसाब से आंसू बहाए जा रही थी। वह तब तक रोती रही, जब तक कि उसके चारों ओर लगभग चार इंच गहरा तालाब नहीं बन गया। उसके आंसुओं से बना यह तालाब हॉल के निचले हिस्से तक पहुंच रहा था।

कुछ देर बाद, उसे दूर से आती किसी के पैरों की पटर-पिटर की आवाज़ सुनाई दी। जल्दी से उसने अपने आंसू पोंछे, ताकि वह आने वाले को देख सके। यह सफ़ेद ख़रगोश था, जो शानदार कपड़े पहने हुए वापस आ रहा था। उसने अपने एक हाथ में एक जोड़ा सफ़ेद दस्ताने और दूसरे हाथ में एक बड़ा पंखा पकड़ रखा था।

वह ख़ुद से बड़बड़ाते हुए डगमगाती चाल में जल्दी-जल्दी आ रहा था। 'ओह! जमींदारिन साहिबा, जमींदारिन साहिबा! ओह! ज़रा सोचो तो, अगर मैंने उन्हें ज़्यादा देर तक इन्तज़ार कराया, तो वे कितनी नाराज़ होंगी!'

इधर एलिस इतनी ज़्यादा निराश हो चुकी थी कि वह किसी से भी मदद मांगने के लिए तैयार थी। इसलिए जैसे ही ख़रगोश पास आया, वह धीमी आवाज़ में उससे बोली, "महाशय, आपकी बड़ी मेहरबानी होगी अगर, आप..."

एलिस को यह देखकर बहुत आश्चर्य हुआ कि ख़रगोश अचानक डर के मारे ऐसा अचकचाया कि उसके हाथ से दस्ताने और पंखा गिर गए और वह जितना तेज़ दौड़ सकता था, उतनी तेज़ी से अंधेरे में गुम हो गया।

एलिस ने उसके दस्ताने और पंखा उठा लिए। चूंकि हॉल में बहुत गर्मी थी, इसलिए वह तेज़ी से पंखा झलने लगी। इस बीच उसने ख़ुद से बात करना जारी रखा।

वह घबराए स्वर में बोली, "मेरी दोस्त, मेरी प्यारी! आज सब-कुछ कितना गड़बड़ हो रहा है। कल दिन तक तो सब-कुछ ठीक-ठाक चल रहा था, तो क्या मैं रात-भर में ही बदल गई हूं? ज़रा मुझे सोचने दो! आज सुबह जब मैं उठी, तो क्या मैं वही एलिस थी? जहां तक मुझे याद आ रहा है, सुबह मैं कुछ बदलाव तो महसूस कर रही थी; लेकिन अगर मैं एलिस नहीं हूं, तो फिर कौन हो सकती हूं? ओह, यह तो एक़दम पहेली है!"

और फिर यह देखने के लिए कि कहीं वह अपनी किसी हमउम्र सहेली से बदल तो नहीं गई है, उसने उन लड़कियों के बारे में सोचना शुरू कर दिया, जिन्हें वह जानती थी। वह बोली, "मुझे यक़ीन है कि मैं एडा तो नहीं ही हूं, क्योंकि उसके बालों में तो बड़े-बड़े छल्ले हैं और मेरे बालों में नहीं हैं। यक़ीनन मैं मेबेल भी नहीं हो सकती हूं, क्योंकि मुझे तो कितनी सारी चीज़ें याद हैं, जब कि वह तो बहुत ही कम जानती है। आख़िरकार वह, वह है और मैं, मैं हूं और... ओह, यह सब-कुछ तो पहेली की तरह उलझता जा रहा है!"

जब एलिस बोल रही थी, तो उसके दिमाग़ के घोड़े दौड़ने में लगे थे। "ज़रा मैं यह याद करने की कोशिश करती हूं कि क्या मुझे अभी भी सारी चीज़ें याद हैं या नहीं। चलो देखती हूं : चार सत्ते होता है. .. ओह, मेरी प्यारी! चाहे कुछ भी हो जाए, पर यह बीस तो नहीं ही होता है। चलो भूगोल याद करने की कोशिश करती हूं। लन्दन पेरिस की राजधानी है और पेरिस है रोम की राजधानी... नहीं, सब ग़लत। मैं यक़ीन के साथ कह सकती हूं कि यह सब ग़लत है। शायद मैं मेबेल से बदल गई हूं। मैं एक बार 'कैसे छोटा मगरमच्छ...' याद करने की कोशिश करती हूं..."

कैसे छोटा मगरमच्छ
अपनी चमकीली पूंछ संवारता है
और नील नदी का शुद्ध पानी को
अपने सुनहरे शल्कों पर उड़ेलता है!

उजले दांत दिखाते हुए वह
कितना ख़ुश–ख़ुश लगता है,
कितने होशियारी से वह अपने पंजे फैलाता है,
और खुले हंसते जबड़ों से
छोटी मछलियों को खा जाता है!"

एलिस बोली, "मैं यक़ीन के साथ कह सकती हूं कि ये सही शब्द नहीं हैं," और फिर से उसकी आंखों में आंसू भर आए। वह बोलती रही, "मैं शायद सचमुच मेबेल हो गई हूं। अब मुझे उस छोटे बेहूदे घर में जाना होगा और वहीं रहना पड़ेगा। वहां मेरे पास खेलने के लिए कुछ ही खिलौने होंगे और मुझे ढेर सारे पाठ याद करने होंगे। नहीं-नहीं, मैंने इसके बारे में पक्का मन बना लिया है। अगर मैं मेबेल ही हूं, तो मैं

यहीं रहूंगी। यहां गड्ढे में वैसे भी किसी का कोई काम तो है नहीं, जो यहां आए और कहे, 'फिर से ऊपर आ जाओ, मेरी प्यारी!' अगर किसी ने यह कह भी दिया, तो मैं उसकी ओर देखकर पूछूंगी कि 'पहले यह बताओ कि मैं कौन हूं?' "

एलिस ने गहरी सांस ली। वह एक मिनट तक चुप रही और फिर बोलने लगी, "पहले यह बताओ कि मैं कौन हूं। अगर मैं वही हुई, जिसे मैं पसन्द करती हूं, तभी मैं ऊपर आऊंगी। अगर ऐसा नहीं हुआ, तो मैं तब तक यहीं रहूंगी, जब तक कि मैं कोई और हूं... लेकिन, ओह मेरी प्यारी।" अचानक वह आंसू टपकाते हुए रोने लगी। "मैं चाहती हूं कि कोई यहां आए, क्योंकि मैं अकेले-अकेले बहुत थक गई हूं।"

बोलते-बोलते अचानक उसका ध्यान अपने हाथों की तरफ़ गया। वह यह देखकर भौचक्की रह गई कि बात करते-करते उसने अपने एक हाथ में ख़रगोश का दस्ताना पहन लिया था।

वह आश्चर्यचकित हो गई। "मैंने यह कैसे कर लिया? शायद मैं फिर से छोटी हो रही हूं।"

वह उठी और मेज़ से ख़ुद को नापने के लिए उसके पास गई। उसने पाया कि वह लगभग दो फुट की रह गई थी और अभी भी वह लगातार बड़ी तेज़ी से सिकुड़ती जा रही थी। साथ ही उसे यह भी महसूस हुआ कि यह सब-कुछ उस पंखे की वजह से हो रहा है, जिसे उसने अपने हाथ में पकड़ रखा था। यह ख़याल आते ही उसने ख़ुद को और ज़्यादा सिकुड़ने से बचाने के लिए तुरन्त उसे फेंक दिया।

एलिस बोली, "बाल-बाल बची।" पहले तो वह बहुत डर गई थी, लेकिन फिर ख़ुद को सही-सलामत देखकर बहुत ख़ुश हुई और बोली, "और अब बग़ीचे में चलना चाहिए।"

पक्का निश्चय कर चुकी एलिस तेज़ी से छोटे दरवाज़े की ओर

भागी, लेकिन वह फिर से बन्द हो गया था और सोने की चाभी पहले की ही तरह मेज़ पर पड़ी हुई थी। एलिस ने सोचा : हालात बद से बदतर होते जा रहे हैं। मैं पहले कभी भी इतनी छोटी नहीं थी, कभी भी नहीं। और मैं यह बताए देती हूं कि यह जो भी हुआ, बहुत बुरा हुआ!

ठीक उसी समय उसका पैर फिसला और अगले ही पल 'छपाक!' की आवाज़ हुई। वह नमकीन पानी में ठुड्डी तक डूब चुकी थी। पहले तो एलिस ने सोचा कि वह नदी में गिर गई है। तभी उसे याद आया कि यह तालाब ख़ुद उसके ही आंसुओं से बना था, जब वह नौ फुट लम्बी थी।

वह तैरती हुई तालाब से बाहर निकलने का रास्ता तलाशती हुई बोली, "मुझे इतना ज़्यादा नहीं रोना चाहिए था। अब मुझे अपने किए की सज़ा इस तरह से मिल रही है कि मुझे अपने ही आंसुओं में गोते लगाने पड़ रहे हैं। पक्के तौर पर यह अटपटा लग रहा होगा। हालांकि आज तो सभी कुछ बड़ा अटपटा ही हो रहा है।"

ठीक उसी वक़्त उसे तालाब में नज़दीक ही कहीं छपाकों की आवाज़ सुनाई दी। पहले तो उसने सोचा कि यह शायद कोई समुद्री जन्तु या दरियाई घोड़ा होगा। लेकिन तभी उसे याद आया कि अब वह ख़ुद भी बहुत छोटी हो गई थी। उसने देखा कि यह तो एक चूहा है।

एलिस ने सोचा : क्या इस चूहे से बात करके कोई फ़ायदा होगा? यहां की तो हर चीज़ ही इतनी अजीब है कि इन्हें देखकर मुझे लगता है कि शायद यह चूहा भी बोलना जानता हो। चाहे कुछ भी हो, कोशिश करने में तो कोई हर्ज़ नहीं है।

इसलिए वह करुण स्वर में बोली, "ओह, चूहे जी, क्या आपको इस तालाब से बाहर निकलने का रास्ता पता है? मैं तो यहां तैरते हुए थक गई हूं चूहे जी!"

हालांकि एलिस ने आज से पहले कभी किसी चूहे से बात नहीं की थी, फिर भी उसे लगा कि शायद एक चूहे से ऐसे ही बात करनी चाहिए।

चूहे ने बड़े कौतूहल से उसकी ओर देखा और ऐसा लगा कि उसने अपनी एक आंख झपकाई है। तब भी वह कुछ बोला नहीं।

एलिस ने सोचा : हो सकता है कि वह अंग्रेज़ी न समझता हो। मेरे ख़याल से तो यह फ्रांसीसी चूहा है, जिसे इंग्लैंड के सम्राट विलियम जीतकर अपने साथ लाए होंगे। हालांकि इस कल्पनाशील लड़की को, इतिहास की अपनी सारी जानकारी के बावजूद, इस बात पर ज़रा-सा भी शक नहीं हुआ कि यह सब हुए तो काफ़ी अरसा बीत चुका है।

इसलिए उसने चूहे से जो पहला प्रश्न पूछा, वह उसने अपनी फ्रेंच की किताब में देखा था। "ou est ma chatte ?" बेशक वह जानती थी कि हिन्दी में इसका मतलब होता है, "मेरी बिल्ली कहां है ?"

अचानक चूहा डर के मारे कांपता हुआ पानी में कूदने लगा।

इस डर से कि शायद उसने बेचारे चूहे की भावनाओं को ठेस पहुंचा दी है, एलिस जल्दी से बोली, "ओह, मैं आपसे माफ़ी चाहती हूं। मैं बिल्कुल भूल ही गई थी कि आपको बिल्लियां पसन्द नहीं हैं।"

चूहा किकियाती आवाज़ में चीख़ा, "मुझे बिल्लियां एकदम पसन्द नहीं हैं! अगर तुम मेरी जगह पर होतीं, तो क्या तुम बिल्लियों को पसन्द करतीं ?"

इस बात की सच्चाई को स्वीकारते हुए, सहमति भरे स्वर में एलिस बोली, "नहीं, शायद नहीं करती, लेकिन आप नाराज़ न हों। मेरी बड़ी इच्छा थी कि मैं आपको अपनी बिल्ली दीना से मिलवाऊं। काश, अगर आप एक बार भी उससे मिल लेते, तो फिर आपको बिल्लियां अच्छी लगने लगतीं।"

वह अलसाई-सी तालाब में तैर रही थी और बोले जा रही थी, "वह बहुत ही अच्छी और प्यारी है। वह बहुत ही प्यारे ढंग से आग के सामने बैठकर घुरघुराती है, अपने पंजे चाटती है और अपना चेहरा पोंछती रहती है। चूहे पकड़ने में तो वह माहिर है।" जैसे ही उसने देखा कि ग़ुस्से से चूहे के रोंगटे खड़े हो गए हैं, तो वह रुआंसी आवाज़ में बोली, "ओह, मुझे माफ़ कर दीजिए। अगर आपको यह पसन्द नहीं है, तो हम दीना के बारे में बिल्कुल भी बात नहीं करेंगे।"

"बिल्कुल ठीक," चूहा चीख़ते हुए बोला। डर के मारे उसकी पूंछ का आख़िरी बाल तक कांप रहा था। "मैं ही कौन-सा इस बारे में बात करना चाहता हूं। हमारा परिवार हमेशा से ही बिल्लियों से नफ़रत करता है। दुष्ट, ओछी, घटिया बिल्लियां! दुबारा मेरे सामने उनका नाम भी मत लेना!"

बातचीत का विषय बदलने को बेताब, एलिस बोली, "बिल्कुल नहीं लूंगी। क्या...क्या...आप...क्या आप कुत्तों को पसन्द करते हैं?"

चूहे ने कोई जवाब नहीं दिया, इसलिए एलिस बेचैन होकर बोलने लगी, "हमारे घर के नज़दीक ही चमकती आंखों वाला एक बहुत ही बढ़िया टेरियर नस्ल का कुत्ता है। अगर तुम किसी चीज़ को दूर फेंको, तो वह वहां से उसे उठाकर तुम्हारे पास ले आएगा। वह रात को पास में बैठकर खाना मांगता है और भी बहुत-सी चीज़ें करता है। असल में वह एक किसान का पालतू है, जो कहता है कि यह कुत्ता उसके सारे चूहों का सफाया कर देता है और...ओह प्यारे," एलिस चिल्लाई, "मैंने शायद फिर से आपको नाराज़ कर दिया है।"

एलिस ने ठीक ही कहा था। चूहा जितनी तेज़ दौड़ सकता था, उतनी तेज़ी से दौड़ रहा था। वह तालाब के इस अशान्त माहौल से जल्दी ही बाहर निकल जाना चाहता था।

एलिस ने प्यार से उसे पुकारा, "प्यारे चूहे जी, वापस आ जाइए। अगर आपको बिल्लियों और कुत्तों के बारे में बात करना पसन्द नहीं है तो हम उनके बारे में कोई भी बात नहीं करेंगे।"

जब चूहे ने यह सुना, तो वह मुड़ा और धीरे-धीरे तैरता हुआ एलिस के पास वापस आ गया। उसका चेहरा बिल्कुल पीला पड़ गया था और वह धीमी, लड़खड़ाती आवाज़ में बोला, "चलो, पहले किनारे पर चलते हैं और तब मैं तुम्हें अपनी ज़िन्दगी की कहानी सुनाऊंगा। सिर्फ़ तभी तुम यह समझ पाओगी कि मैं बिल्लियों और कुत्तों से इतनी नफ़रत क्यों करता हूं।"

वैसे भी अब वहां से बाहर निकलने में ही समझदारी थी। ढेर सारी चिड़ियों और जानवरों के वहां गिर जाने की वजह से तालाब में काफ़ी भीड़ हो गई थी। एलिस को अपनी आंखों पर यक़ीन नहीं हो रहा था। उसने अपने ही आंसुओं से बने उस बड़े तालाब के पानी में चारों ओर देखा। यह बड़ी असाधारण बात लग रही थी कि वह कभी इतनी बड़ी थी कि उसके रोने से पूरा एक तालाब ही बन गया! यह न सिर्फ़ उसके बल्कि चूहे के तैरने के लिए भी काफ़ी बड़ा था। लेकिन अब तो वहां उन दोनों के तैरने के लिए थोड़ी-सी ही जगह रह गई थी! वहां एक बत्तख, एक डोडो, एक घने परों वाली चिड़िया जो उड़ नहीं सकती थी, एक चटख रंगों वाला तोता लॉरी, एक उकाब का बच्चा और कुछ और अजीबोग़रीब प्राणी जमा हो गए थे। एलिस सबसे आगे तैर रही थी और यह पूरी जमात तालाब के किनारे की तरफ़ बढ़ रही थी।

अनोखी दौड़ और एक लम्बी कहानी

तट पर जमा भांति-भांति के प्राणी एक अजीब बेमेल जमावड़े की तरह लग रहे थे। इनमें पानी से भीगे परों वाली चिड़ियां और ज़मीन पर घिसटते भीगे फरों से पानी चुआते जानवर थे। ये सभी पानी से तर-ब-तर थे और इसकी वजह से काफ़ी परेशान थे।

बेशक, पहला सवाल तो यह था कि कैसे ख़ुद को सुखाया जाए। इस बारे में उन्होंने थोड़ी बातचीत की और कुछेक मिनटों बाद ही एलिस उनके साथ हिल-मिल गई। ऐसा लग रहा था, मानो होश संभालने के बाद से ही वह उन्हें जानती हो।

बदक़िस्मती से वह लॉरी नाम के तोते के साथ वाद-विवाद में उलझ गई थी, जो इस बहस से चिढ़ गया था और बार-बार एक ही बात दोहराता जा रहा था, "मैं उम्र में तुमसे बड़ा हूं और हरेक चीज़ को तुमसे बेहतर जानता हूं।"

एलिस को यक़ीन नहीं था कि वह उससे ज़्यादा जानता है। वह उसकी उम्र भी नहीं जानती थी, क्योंकि उसने उसे अपनी उम्र बताने से साफ़ मना कर दिया था। इसलिए एलिस ने इस बहस को यहीं पर छोड़ देना ठीक समझा।

आख़िर में चूहे को बोलना पड़ा। वही उन सबके बीच कुछ हैसियत वाला लग रहा था। वह ज़ोर से बोला, "आप सभी बैठ जाइए और मेरी बात सुनिए। मैं जल्दी ही आप लोगों को सुखा दूंगा।"

जल्दी ही वे लोग एक बड़ा घेरा बनाकर बैठ गए, चूहा इस घेरे के बीच में था। एलिस सारा वक़्त उसी को टकटकी लगाए देखती रही, क्योंकि उसे लग रहा था कि अगर जल्दी ही वह नहीं सूखी तो उसे ज़ोर का ज़ुकाम हो जाएगा।

चूहा बहुत महत्त्वपूर्ण बात बताने के अन्दाज़ में बोला, "हां, तो आप सब लोग तैयार हैं? मेरी जानकारी में यह सबसे ज़्यादा रूखी-सूखी चीज़ है।" इसके साथ ही उसने अंग्रेज़ी इतिहास की एक लम्बी व उबाऊ कहानी सुनानी शुरू की, जिसे सुनकर पूरी सभा को नींद-सी आने लगी।

सर्दी से थर-थर कांपते हुए डोडो बोला, "ऊंह!"

चूहे को ग़ुस्सा तो बहुत आ रहा था, पर वह विनम्र बने रहने की कोशिश करता हुआ बोला, "माफ़ कीजिए, क्या आप कुछ कहना चाहते हैं?"

बेचारा डोडो, जो ऊब चुका था, सफ़ाई देते हुए बोला, "माफ़ करना, लेकिन मैं अब भी पानी से तर-ब-तर हूं। मेरे ख़याल से एक परिषद दौड़ ही सूखने का सबसे अच्छा तरीक़ा हो सकता है।"

जब कोई कुछ नहीं बोला तो एलिस ने पूछा, "यह परिषद क्या बला है?"

अपने पंखों को फड़फड़ाते हुए इतराकर इधर से उधर घूमते हुए और महत्त्वपूर्ण दिखने की कोशिश करते हुए डोडो बोला, "ओह, इसका मतलब...यह...यह एक सभा है। हां, एक़दम ठीक, एक ही दल के

लोगों की एक सभा, समझी। जैसे राजनीतिक दल होते हैं, कुछ वैसे ही। किसी ने एक बार मुझे इसके बारे में बताया था, लेकिन मुझे याद नहीं आ रहा कि किसने बताया था।"

एलिस बातचीत को और आगे बढ़ाने की इच्छा से बोली, "यह बात है! आज तो हम लोगों का भी क्या ख़ूब दल बना है और बेशक यह परिषद के लायक तो है ही। लेकिन क्या मैं जान सकती हूं कि यह परिषद दौड़ क्या है?"

"मेरे ख़याल से, यह तो, इसे करने के बाद ही अच्छी तरह समझा जा सकता है," डोडो ने जवाब दिया। उमंग में आकर उसने लाइलक की झाड़ी से एक टहनी तोड़ी और उससे दौड़ का एक घेरा बनाया, जो कि थोड़ा-बहुत गोले जैसा ही था। एक बार यह कर लेने के बाद उस बड़ी चिड़िया ने अपने दल के लोगों को इस गोल दायरे में एक-दूसरे से थोड़ी-थोड़ी दूरी पर इधर-उधर खड़ा कर दिया।

किसी ने भी 'एक, दो, तीन, दौड़ो!' नहीं कहा, बल्कि सभी ने एक ही साथ दौड़ना शुरू कर दिया। जिसका जब मन करे, तब दौड़ता और जब मन करे, तब रुक जा रहा था, इसलिए यह बता पाना आसान नहीं था कि दौड़ ख़त्म कब होगी।

ख़ैर, जब उन्हें दौड़ते हुए क़रीब आधा घंटा या ऐसा ही कुछ वक़्त हो गया और वे फिर से सूख गए, तो अचानक डोडो चिल्लाया, "दौड़ ख़त्म हो गई!"

सारे जानवर और चिड़ियां उसके चारों तरफ़ भीड़ लगाकर खड़े हो गए और चिल्लाए, "लेकिन जीता कौन?" वे सभी थक गए थे और उनका दम फूल रहा था।

यह एक ऐसा सवाल था, जिसका जवाब देने के लिए डोडो को अपना पूरा दिमाग़ लड़ाना पड़ा। लम्बे समय तक वह अपने माथे पर

उंगली रखकर खड़ा रहा, जब कि बाक़ी लोग शान्ति से खड़े होकर जवाब का इन्तज़ार करते रहे। आख़िरकार डोडो बोला, "सभी लोग जीत गए हैं और हरेक को इनाम मिलेगा।"

"लेकिन हमें इनाम देगा कौन?" सभी ने एक सुर में चिल्लाकर पूछा।

"कौन का क्या मतलब, जाहिर है इनाम एलिस देगी," एलिस की तरफ़ उंगली उठाते हुए डोडो बोला। सारा झुंड एलिस के चारों तरफ़ इकट्ठा हो गया और 'इनाम दो! इनाम दो!' चिल्लाने लगा।

एलिस को सूझा ही नहीं कि वह क्या करे और इसी उधेड़बुन में उसने अपनी जेब में हाथ डाला और क़रीब एक मुट्ठी टॉफियां निकाल लीं और इन्हें सबमें बांट दिया। ख़ुशक़िस्मती से हरेक के हिस्से पूरी एक टॉफी आ गई थी।

"लेकिन एलिस को ख़ुद को भी एक इनाम देना चाहिए," चूहे ने घोषणा की।

"बेशक," डोडो ने गम्भीर मुद्रा में जवाब दिया। उसने पूछा, "तुम्हारी जेब में और क्या बचा है?"

एलिस उदास होकर बोली, "बस, टॉफी का एक छिलका।"

"इसे मुझे दो," डोडो बोला।

एक बार फिर से सभी ने एलिस को घेर लिया। डोडो ने औपचारिक तौर पर उसे टॉफी का छिलका भेंट करते हुए कहा, "आप हमारी ओर से यह शानदार छिलका स्वीकार कीजिए।" जब उसने अपनी बात पूरी कर ली तो सभी ने तालियां बजाईं और ख़ुशी से चिल्लाए।

एलिस को पूरा मामला ही बहुत हास्यास्पद लगा, लेकिन इस

छोटे-से समूह में सभी इतने गम्भीर लग रहे थे कि हंसने की उसकी हिम्मत ही नहीं पड़ी। उसे समझ में ही नहीं आया कि वह क्या कहे, इसलिए उसने झुककर अभिवादन किया और वह छिलका ले लिया। इस बीच जितना हो सकता था, वह उतना गम्भीर बनी रही।

अब उस छोटे-से समूह के सामने अपनी-अपनी टॉफी खाने का मुद्दा आया। कुछ देर के लिए तो सब-कुछ गड्डमड्ड हो गया था, क्योंकि बड़े पक्षियों की शिकायत थी कि वे अपनी टॉफी का स्वाद ही नहीं ले पाए। छोटों ने टॉफी खाई तो यह उनके गले में अटक गई। इसकी वजह से उनकी पीठ पर थपकी मारनी पड़ी। ख़ैर, जब यह सब ख़त्म हो गया, तो वे लोग फिर से गोल दायरे में बैठ गए।

एलिस चूहे से बोली, "तुमने मुझसे अपने बारे में बताने का वादा किया था," साथ ही वह फुसफुसाकर और थोड़ा डरते हुए बोली, "और यह भी कि तुम कुत्तों और बिल्लियों से नफ़रत क्यों करते हो।" वह डर रही थी कि कहीं वह बाद वाली बात सुनकर फिर से नाराज़ न हो जाए।

चूहा एलिस की ओर मुड़ा और आहें भरते हुए बोला, "मेरी कहानी तो सिर से पूंछ तक दुखभरी और लम्बी है।"

आश्चर्य से चूहे की पूंछ को देखती हुई वह बोली, "वाक़ई तुम्हारी पूंछ काफ़ी लम्बी है, यह मैं देख सकती हूं। लेकिन तुम इसे दुखभरी क्यों कह रहे हो?"

चूहे ने तो बोलना शुरू भी कर दिया था, पर एलिस तो उसकी पूंछ के चक्कर में उलझ गई थी। इसलिए जो कहानी उसने सुनी, वह उसके ख़याल से यह थी :

चूहे से घर में जो शैतान था टकराया,

बोला वह चूहे से, "चल कचहरी मेरे भाया,
तुझ पर मैं इक इल्जाम लगाता।
आनाकानी नहीं चलेगी, आज मुक़दमा होकर रहेगा,
सचमुच आज सुबह मेरे पास न काम कोई है।"

शैतान से बोला चूहा, "मुक़दमा कैसा महोदय,
ना काजी ना कचहरी, होगी बर्बादी वक़्त की"

"मैं ही कचहरी, मैं ही काजी,"
बोला वह शैतान-पाजी, "सारा किस्सा मुझे पता है,
अब मैं कुछ और न सुनूंगा, तुझे सज़ा-ए-मौत मैं दूंगा।"

"तुम ध्यान से मेरी बात नहीं सुन रही हो," चूहा बिगड़ते हुए एलिस से बोला, "यह करके तुमने मेरा अपमान किया है।"

"ऐसा करने का मेरा कोई इरादा नहीं था," माफ़ी मांगने वाले अन्दाज़ में एलिस बोली, "लेकिन तुम भी तो किसी भी बात पर नाराज़ हो जाते हो।"

जवाब में चूहा सिर्फ़ गुर्राया और वहां से चला गया।

एलिस पीछे से चिल्लाई, "प्लीज़, वापस आ जाओ और अपनी कहानी ख़त्म करो।" बाक़ी सब भी एक सुर में चिल्लाए, "प्लीज़, वापस आ जाओ।"

लेकिन चूहे ने अधीरता से अपना सिर हिलाया और अपनी चाल तेज़ कर दी।

जब चूहा नज़रों से ओझल हो गया, तो लॉरी आह भरते हुए बोला, "कितने दुख की बात है कि वह रुका नहीं।"

मौक़े का फ़ायदा उठाते हुए एक बूढ़ी केकड़न (मादा केकड़ा) अपनी लड़की को सीख देने लगी, "देखो मेरी बच्ची, इससे तुम्हारे लिए यह सबक निकलता है कि कभी भी ग़ुस्से से अपना आपा मत खोओ।"

उसकी लड़की तेज़ आवाज़ में चिल्लाई, "अपनी ज़बान को क़ाबू में रखो, मां। तुम इतनी बूढ़ी और चिड़चिड़ी हो चुकी हो कि अब तो तुम्हें देखकर घोंघे का धैर्य भी चुक जाएगा।"

बिना किसी को सम्बोधित किए एलिस बोली, "काश, दीना यहां मेरे साथ होती। वह जल्दी ही चूहे को पकड़कर वापस ले आती।"

लॉरी ने पूछा, "दीना कौन है?"

उत्साहित होकर एलिस बोली, "दीना हमारी बिल्ली का नाम है। तुम सोच भी नहीं सकते कि चूहे पकड़ने में वह कितनी माहिर है। अरे, काश, तुमने उसे चिड़ियों का पीछा करते हुए देखा होता। समझो कि अगर वह किसी छोटी चिड़िया को देख भी ले, तो फ़ौरन उसे पकड़कर खा जाती है।" यह बोलते वक़्त एलिस का चेहरा चमक उठा।

उसकी बातों को सुनकर वहां पर जमा पशु-पक्षियों के बीच एक सनसनी-सी फैल गई। कुछ पक्षियों ने तो घबराहट के मारे तुरन्त अपने पंख फड़फड़ाए और वहां से उड़ गए।

एक बूढ़ी मैना अपने पंखों को समेटते हुए बोली, "मुझे भी अब घर चल देना चाहिए। रात की हवा मेरे गले के लिए नुक़सानदेह है।"

एक चटख पीले रंग की चिड़िया ने कांपती आवाज़ में अपने बच्चों को पुकारा, "बच्चो, आ जाओ। अब तुम्हारे सोने का वक़्त हो गया है।"

अलग-अलग बहानों से सारे पशु-पक्षी एलिस को अकेला छोड़कर चले गए।

वह उदास होकर ख़ुद से बोली, “शायद मुझे दीना के बारे में नहीं बोलना चाहिए था। लगता है, यहां पर कोई भी उसे पसन्द नहीं करता, पर मुझे यक़ीन है कि वह दुनिया की सबसे अच्छी बिल्ली है। ओह, मेरी प्यारी दीना, अब पता नहीं मैं तुमसे फिर मिल भी पाऊंगी या नहीं।”

इसके साथ ही एलिस एक पेड़ के ठूंठ पर बैठ गई और उसने रोना शुरू कर दिया। कुछ ही देर बाद उसे दूर से आती किसी के पैरों की पटर-पिटर की आवाज़ सुनाई दी। वह उसी ओर देखने लगी। वह उम्मीद कर रही थी कि शायद चूहे ने अपना इरादा बदल लिया होगा और इसलिए अब वह अपनी कहानी ख़त्म करने आ रहा होगा।

ख़रगोश ने छोटे बिल को भेजा

यह सफ़ेद ख़रगोश था, जो धीरे-धीरे डगमगाती चाल में फिर से वापस आ रहा था। वह इधर-उधर ऐसे देखता जा रहा था, मानो उसने कुछ खो दिया हो। "जमींदारिन साहिबा! जमींदारिन साहिबा!" वह बुदबुदाया, "ओह मेरे प्यारे पंजो! ओह मेरे मुलायम बालो और गलमूंछो! वह तो मुझे फांसी पर चढ़ा देंगी। मैंने वो चीज़ें कहां गिराई होंगी?"

एलिस ने भांप लिया था कि वह अपने छोटे-छोटे सफ़ेद दस्तानों और पंखे को ढूंढ़ रहा है। भलमनसाहत की वजह से वह भी ख़रगोश के इन सामानों को ढूंढ़ने लगी, लेकिन ये चीज़ें कहीं भी नहीं दिख रही थीं। ऐसा लग रहा था कि उसके तालाब में तैरने के बाद से हर चीज़ बदल गई थी। वह बड़ा हॉल, शीशे की मेज़ और छोटा वाला दरवाज़ा सभी कहीं लापता हो गए थे।

जल्दी ही ख़रगोश की नज़र एलिस पर पड़ गई और वह उसे डांटते हुए बोला, "क्यों, मैरी ऐन, तुम यहां पर क्या कर रही हो? इसी समय दौड़कर घर जाओ और मेरे लिए एक जोड़ा दस्ताने और एक पंखा ले आओ। जल्दी जाओ।"

ख़रगोश के डांटने की वजह से वह सहम गई थी। जिस तरफ़

ख़रगोश ने इशारा किया था, उसी ओर दौड़ते हुए वह बोली, "वह ग़लती से मुझे अपने घर की देखभाल करने वाली लड़की समझ बैठा है। जब उसे पता चलेगा कि मैं कौन हूं, तो वह भौचक्का रह जाएगा। लेकिन अगर मुझे उसका पंखा और दस्ताने मिल जाते हैं, तब तो मेरे लिए यही अच्छा रहेगा कि मैं इन्हें ले जाकर उसे दे दूं।"

इसके बाद एलिस और कुछ नहीं बोली, क्योंकि कुछ और कहने से पहले ही वह एक छोटे साफ़-सुथरे घर के सामने ठिठककर रुक गई थी। घर के दरवाज़े पर लगी पीतल की नेमप्लेट पर "डब्ल्यू. ख़रगोश" लिखा हुआ था।

दरवाज़े को खटखटाए बिना वह सीधे अन्दर चली गई और जल्दी-जल्दी सीढ़ियां चढ़ने लगी। इससे पहले कि मैरी ऐन से उसकी मुठभेड़ हो, वह जल्दी से पंखा और दस्ताने खोज लेना चाहती थी। क्योंकि यह भी हो सकता था कि मैरी ऐन उसे घर से बाहर निकल जाने का आदेश दे देता।

ख़ुद पर फब्ती कसते हुए वह बोली, "एक ख़रगोश का काम करने के लिए दौड़ना भी कितना अटपटा लगता है। अगली बार से मैं यह सोच लूंगी कि दीना मुझे अपने किसी काम से भेज रही है।"

अब तक वह एक छोटे-से कमरे में पहुंच चुकी थी। वहां पर घूमते हुए उसे एक मेज़ पर रखे पंखा और दस्ताने मिल गए थे। वह वहां से जाने ही वाली थी कि उसकी नज़र आईने के सामने रखी एक बोतल पर पड़ गई। हालांकि बोतल पर 'मुझे पीजिए' जैसा कुछ भी नहीं लिखा था, फिर भी एलिस ने इसका ढक्कन खोलकर एक घूंट पी लिया।

वह ख़ुद से ही बुदबुदाकर बोली, "मुझे पता है कि जब भी मैं कुछ खाती या पीती हूं, तो ज़रूर कोई दिलचस्प चीज़ होती है। मुझे उम्मीद है कि फिर से बड़ा होने में यह ज़रूर मेरी मदद करेगा, क्योंकि मैं अपनी इतनी कम लम्बाई से ऊब चुकी हूं।"

एलिस अपनी उम्मीद से भी ज़्यादा जल्दी से बड़ी होने लगी। इससे पहले कि वह आधी बोतल पी पाती, उसका सिर छत से लग गया अपनी गर्दन को पिचकने से बचाने के लिए उसे अपने सिर को झुकाना पड़ा।

जल्दी से उसने बोतल को रख दिया और ख़ुद से बोली, "इतनी लम्बाई काफ़ी है। मैं उम्मीद करती हूं कि मैं और ज़्यादा नहीं बढ़ूंगी क्योंकि अगर ऐसा हुआ, तब तो मैं दरवाज़े से बाहर ही नहीं निकल पाऊंगी। मेरे ख़याल से तो मैंने इतना ज़्यादा भी नहीं पिया होगा।"

पर यह उम्मीद करने के लिए अब बहुत देर हो गई थी। एलिस तब तक बढ़ती ही रही, जब तक कि वह फ़र्श पर घुटनों के बल बैठ नहीं गई। इसके एक मिनट बाद तो यह कमरा उसके लिए इतना छोटा पड़ने लगा कि उसे अपनी एक कुहनी को दरवाज़े के साथ सटाकर और दूसरे को अपने सिर के ऊपर रखकर पूरी तरह से बैठ जाना पड़ा। अभी भी वह बढ़ती ही जा रही थी। अन्तिम विकल्प के तौर पर, उसने अपने एक हाथ को खिड़की से बाहर निकाल दिया और अपने एक पैर को ऊपर चिमनी पर टिका दिया। ख़ुशक़िस्मती से यही उस छोटी जादुई बोतल का अधिकतम असर था और उसकी लम्बाई इससे ज़्यादा नहीं बढ़ी।

एलिस को पिछली बातें याद आने लगीं, "इससे तो मैं घर में ही ज़्यादा अच्छी थी। वहां न तो मैं बार-बार बड़ी और छोटी होती थी और न ही मुझे चूहों और ख़रगोशों की बात माननी पड़ती थी। काश, मैं ख़रगोश के बिल में नहीं घुसी होती। पता है, ज़िन्दगी भी बड़ी अजीब है। जब मैं परियों के क़िस्से-कहानियां पढ़ती थी, तब मैं सोचती थी कि ऐसी चीज़ें कभी नहीं हो सकती हैं। अब तो ख़ुद मेरे ही साथ वही सब-कुछ हो रहा है।"

अचानक एलिस को बाहर से एक आवाज़ सुनाई दी और वह इसे

सुनने के लिए चुप हो गई। किसी ने बहुत जल्दबाज़ी में कहा, "मैरी ऐन ! मैरी ऐन ! इसी वक़्त मुझे मेरे दस्ताने लाकर दो।"

इसके बाद सीढ़ियों से किसी के पैरों की पटर-पिटर की आवाज़ आई। एलिस समझ गई थी कि यह ख़रगोश है, जो उसे ढूंढने के लिए आ रहा है। वह डर से इतनी तेज़ कांपी कि पूरा घर हिल गया। वह एकदम भूल ही गई थी कि अब वह ख़रगोश से कई हज़ार गुना बड़ी है और अब उससे डरने की कोई ज़रूरत नहीं है।

अब तक ख़रगोश दरवाज़े पर पहुंच चुका था और उसे खोलने की कोशिश कर रहा था, लेकिन एलिस ने दरवाज़े पर अपनी कुहनी अड़ा दी जिससे वह अन्दर नहीं घुस पाया। इसी वक़्त उसने ख़रगोश के भुनभुनाने की आवाज़ सुनी, "तब फिर मैं घूमकर दूसरी तरफ़ जाऊंगा और खिड़की से घुस जाऊंगा।"

एलिस ने मन ही मन संकल्प किया, "नहीं, तुम नहीं घुस पाओगे।" ज्यों ही उसे खिड़की के नीचे ख़रगोश की आहट सुनाई दी, उसने उसे पकड़ने के लिए अपना हाथ बढ़ा दिया। हालांकि वह उसे पकड़ तो नहीं पाई, पर उसे एक चीख़ व गिरने और टूटे शीशे के चटखने की आवाज़ सुनाई दी। उसने अन्दाज़ा लगाया कि ख़रगोश खीरे पर लगे शीशे के चौखटे पर गिरा है।

कुछ देर तक तो वह इन्तज़ार करती रही, पर कुछ भी सुनाई नहीं दिया। फिर; उसे एक साथ ही एक ठेले के घिसटने और कई सारे लोगों के बातचीत करने की आवाज़ सुनाई दी।

इत्तफ़ाक़ से उसे उन लोगों की एक-दो बात भी समझ में आ गई। "सीढ़ी कहां है ?... बिल को दूसरी भी मिल गई... बिल, इसे यहां ले आओ।...पकड़ो इस रस्सी को...क्या छत इतना भार सह लेगी ?... देखो वह पत्थर ढीला है।... अरे, यह तो नीचे गिर रहा है।... चिमनी के अन्दर कौन जाएगा ?...हां, बिल, तुम जाओ चिमनी के रास्ते।"

एलिस ख़ुद से बोली, "ओह, तो बिल चिमनी के रास्ते नीचे आ रहा है, पर क्या वह आ पाएगा? लेकिन मैं उसे तो क्या किसी को भी यहां आने नहीं देना चाहती हूं। यह अंगीठी वाली जगह तंग तो है, लेकिन मुझे यक़ीन है कि मैं इस पर धीरे से लात मार सकती हूं।'

चिमनी में जितने ऊपर तक एलिस अपने पैर को ले जा सकती थी, वहां तक ले गई। उसी तरह वह तब तक इन्तज़ार करती रही, जब तक कि उसे अपने ठीक ऊपर किसी जानवर के खुरचने और घिसटने की आवाज़ नहीं सुनाई दी। "यह रहा बिल," वह बोली और उसने ठीक निशाने पर एक लाल मारी, और अब आगे क्या होगा इसका इन्तज़ार करने लगी।

बाहर से सभी के एक साथ चीख़ने की आवाज़ आई, "वह गया बिल।" फिर ख़रगोश चिल्लाया, "पकड़ो उसे, वहां झाड़ पर जाओ!"

इसके बाद ख़ामोशी छा गई और फिर एलिस को दूर से लोगों के बड़बड़ाने की आवाज़ सुनाई दी। "उसके सिर को सहारा दो। उसके पास हवा आने दो। अब कैसा लग रहा है बुढ़ऊ? तुम्हें क्या हो गया था?"

थोड़ी देर बाद एलिस को एक धीमी, कमज़ोर, किकियाती-सी आवाज़ सुनाई दी, जिससे वह समझ गई कि यह बिल की आवाज़ है। "मैं सिर्फ़ इतना जानता हूं कि जैसे जैक-बॉक्स को खोलने पर अचानक कोई चीज़ तेज़ी से बाहर निकलती है, वैसे ही कोई चीज़ झटके से मेरी तरफ़ आई और मैं आसमान में रॉकेट की तरह उड़ने लगा।"

"क्या बिल्कुल ऐसा ही हुआ था बुढ़ऊ!!" भीड़ चिल्लाई।

ख़रगोश चीख़ा, "हमें घर को जला डालना चाहिए।"

"अगर तुम ऐसा करोगे, तो मैं दीना को तुम्हारे पीछे छोड़ दूंगी," एलिस पूरी ताक़त से चिल्लाई।

तुरन्त ही वहां पर ऐसी ख़ामोशी छा गई, मानो कोई मर गया हो। एलिस मन-ही-मन सोचने लगी : अब वे लोग क्या करेंगे? अगर उनमें थोड़ी-सी भी अक्ल हुई तो वे छत को हटा देंगे।"

कुछेक मिनट बाद, एलिस ने ख़रगोश को कहते सुना, "एक ठेला भरकर शुरू करेंगे।"

एलिस सोचने लगी, "क्या भरेंगे ये लोग ठेले में?"

यह देखकर वह चौंक उठी कि छोटे-छोटे कंकरों की बौछार खिड़की पर आकर लग रही है। इनमें से कुछ कंकर उसके चेहरे पर भी लगे। वह चिल्लाई, "मैं इसे रोक दूंगी। तुम्हारे लिए यही अच्छा रहेगा कि तुम फिर से यह सब नहीं करो।"

इस बार पहले से भी ज़्यादा ख़ामोशी छा गई।

यह देखकर उसे आश्चर्य हुआ कि ये कंकर छोटे-छोटे केकों में बदलते जा रहे थे। उसने ध्यान से सोचा, "अगर मैं इनमें से एक को भी खा लेती हूं, तो इससे मेरी लम्बाई बदल जाएगी। मैं अब और ज़्यादा बड़ी तो नहीं हो सकती हूं, इसलिए ये मुझे ज़रूर छोटा बना देंगे।"

तो वह उनमें से एक केक को निगल गई और ख़ुद को सिकुड़ता देखकर ख़ुश हो गई। जल्दी ही वह इतनी छोटी हो गई कि अब वह आराम से दरवाज़े से बाहर निकल सकती थी। क़द घटते ही वह घर से बाहर भागी और वहां उसने छोटे-छोटे जानवरों को अपना इन्तज़ार करते पाया। बेचारा छोटा छिपकली बिल सबके बीच में था। दो बनैले चूहों ने उसे पकड़ रखा था और वे उसे एक बोतल से कुछ पिला रहे थे।

जैसे ही उन्होंने एलिस को देखा, तो वे उसकी ओर झपटे, लेकिन

एलिस अपनी पूरी ताक़त से दौड़ पड़ी और जल्दी ही उसने ख़ुद को घने जंगल के बीच में सुरक्षित पाया।

जंगल में इधर-उधर घूमते हुए वह ख़ुद से बोली, "अब जो सबसे पहला काम मुझे करना है, वह है अपनी असली लम्बाई हासिल करना। फिर दूसरा काम होगा उस प्यारे बग़ीचे तक पहुंचने का रास्ता तलाश करना। मेरे ख़याल से तो यही सबसे बढ़िया योजना है।"

बेशक सुनने में तो यह बहुत ही शानदार योजना लग रही थी। बस एक ही मुश्किल थी कि उसे इस योजना को अमल में लाने के बारे में कुछ भी पता नहीं था। उसे अपने सिर के ठीक ऊपर से भौंकने की आवाज़ सुनाई दी। तुरन्त उसने ऊपर देखा।

बड़ी-बड़ी गोल आंखों वाला एक बड़ा-सा पिल्ला नीचे उसकी तरफ़ देख रहा था और अपनी एक पंजा उठाकर धीरे-से उसे छूने की कोशिश कर रहा था।

उसे पुचकारते हुए एलिस बोली, "बेचारा पिल्ला," और उसने पिल्ले की तरफ़ देखकर सीटी बजाने की कोशिश भी की। लेकिन वह यह सोचकर बुरी तरह डर गई थी कि अगर कहीं वह भूखा हुआ, तो उसके लाख पुचकारने के बावजूद वह उसे खा सकता है।

उसे क्या करना चाहिए और क्या नहीं, इसी उधेड़बुन में उसने एक डंडी उठाई और इसे पकड़कर पिल्ले की तरफ़ हिलाने लगी। पिल्ला अपने पैरों से कूदकर हवा में उछल पड़ा और ख़ुशी से कूकते हुए डंडी की तरफ़ झपटा।

कहीं वह उसे रौंद न डाले, इस डर से एलिस जल्दी से भटकटैया के एक बड़े झाड़ के पीछे चली गई। जैसे ही वह झाड़ के दूसरी ओर नज़र आई, वैसे ही पिल्ला दुबारा डंडी पर झपटा और इसे पकड़ने की जल्दबाज़ी में अपने सिर के बल लुढ़क गया।

एलिस फिर से भटकटैया के झाड़ के पीछे दौड़ गई। उसे डर था कि किसी भी पल वह उसके पैरों से कुचली जा सकती है। इसके बाद तो पिल्ले ने लगातार ही डंडी पर छोटे-छोटे धावे बोलने शुरू कर दिए। हर बार वह थोड़ा-सा आगे दौड़कर आता और फिर काफ़ी पीछे चला जाता और इस बीच वह लगातार ज़ोर-ज़ोर से भौंकता रहा। आख़िरकार वह थोड़ी दूर जाकर बैठ गया और अपने मुंह से जीभ निकालकर हांफने लगा। उसकी बड़ी पनीली आंखें आधी मुंदी हुई थीं।

एलिस के लिए भागने का यह अच्छा मौक़ा था, इसीलिए वह तुरन्त ही वहां से दौड़ पड़ी। वह तब तक दौड़ती रही, जब तक कि थक नहीं गई। उसका दम फूल रहा था और कहीं दूर से पिल्ले के भौंकने की धीमी आवाज़ आ रही थी।

"पर वह नन्हा पिल्ला था बहुत ही प्यारा!" पीले फूल वाले एक पौधे के सहारे लेटकर आराम करते हुए एलिस बोली। इसकी एक पत्ती से वह ख़ुद को हवा कर रही थी।

"अगर उस वक़्त मैं अपने सामान्य क़द के बराबर लम्बी होती, तो उसे छकाने में बहुत मज़ा आता। ओह प्यारी! मैं तो एकदम भूल ही गई थी कि मुझे फिर से बड़ा भी होना है। ज़रा मुझे सोचने दो कि मैं ऐसा कैसे कर सकती हूं? मुझे लगता है कि मुझे कुछ खाकर या पीकर देखना चाहिए, लेकिन सबसे बड़ा सवाल तो यह है कि 'क्या'?"

फूलों और घास की पत्तियों के बीच से वह अपने चारों तरफ़ देखने लगी, पर इस तरह तो उसे कुछ भी ठीक से नहीं दिख रहा था। अन्त में उसकी नज़र अपने पास में ही उगे एक बड़े मशरूम पर पड़ी, जो कि लगभग उसके बराबर की ही ऊंचाई का था।

जब उसने उसके नीचे की ओर दोनों तरफ़ देख लिया तो उसे लगा कि और अच्छे से देखने के लिए उसे उसके ऊपर भी देखना चाहिए।

तो एलिस अपने पंजों पर उचकी और मशरूम के एक किनारे से ऊपर को देखा। तुरन्त ही उसकी नज़र एक बड़े नीले-से इल्ली (तितली को लार्वा) पर पड़ी, जो वहां ऊपर अपनी बांहें मोड़कर बैठा था। यह विचित्र प्राणी एक लम्बा हुक्का गुड़गुड़ाने में लगा था और वह एलिस या किसी भी चीज़ की ओर ज़रा भी ध्यान नहीं दे रहा था।

इल्ली की सलाह

इल्ली और एलिस कुछ देर तक तो ख़ामोशी से एक-दूसरे की ओर देखते रहे। आख़िरकार इल्ली ने अपने मुंह से हुक़्क़ा बाहर निकाला और उनींदी व अलसाई-सी आवाज़ में उसे सम्बोधित किया।

उसने पूछा, "तुम कौन हो?"

एलिस ने शर्माते हुए जवाब दिया, "इस वक़्त मैं कौन हूं, यह तो मुझे भी नहीं पता है जनाब। मुझे यह तो मालूम है कि आज सुबह उठते वक़्त मैं कौन थी, लेकिन तब से लेकर अब तक मैं तो कई बार बदल चुकी हूं।"

"क्या मतलब है तुम्हारा?" इल्ली ने कड़ाई से पूछा, "ज़रा ढंग से बताओ।"

एलिस बोली, "माफ़ कीजिए जनाब, लेकिन मैं अपनी बात ढंग से नहीं समझा सकती हूं, क्योंकि आप तो देख ही रहे हैं कि मैं, ख़ुद मैं नहीं हूं।"

"मुझे तो ऐसा नहीं दिखाई दे रहा है," इल्ली बोला।

एलिस ने विनम्रता से जवाब दिया, "मैं अपनी बात को और अच्छी तरह से नहीं समझा सकती हूं, क्योंकि मैं ख़ुद भी इसे ठीक से नहीं

समझ पा रही हूं। एक ही दिन में इतने अलग-अलग क़द का हो जाना तो बहुत ही चकरा देने वाली बात है।"

"नहीं, ऐसा तो नहीं है," इल्ली ने जवाब दिया।

एलिस बोली, "हो सकता है कि अभी आपको ऐसा नहीं लग रहा हो, लेकिन जब आप अपने जीवन की अगली अवस्था यानी कोश-कीट में बदल जाएंगे और फिर एक ख़ूबसूरत-सी तितली बन जाएंगे, तो मेरे ख़याल से आपको यह थोड़ा-सा अटपटा तो ज़रूर ही लगेगा। क्या आपको ऐसा नहीं लगता?"

"बिल्कुल भी नहीं," इल्ली बोला।

एलिस बोली, "शायद आपकी भावनाएं, मेरी भावनाओं से अलग हैं। मैं तो सिर्फ़ इतना जानती हूं कि ऐसी स्थिति में मुझे बड़ा अटपटा महसूस होता।"

"तुम्हें!" इल्ली ग़ुस्से से चिल्लाया और उसने फिर पूछा, "तुम हो कौन?"

अब वे लोग वापस उसी जगह पर आ गए थे, जहां से उनकी बातचीत शुरू हुई थी। इल्ली के बात करने के रवैए से एलिस भी थोड़ी-बहुत जागरूक हो उठी थी। वह बिल्कुल सीधी खड़ी हो गई, उसने एक लम्बी सांस खींची और बहुत गम्भीरता से बोली, "मेरे ख़याल से पहले आपको यह बताना चाहिए कि आप कौन हैं?"

"क्यों?" इल्ली ने पूछा।

एक और बेहूदा सवाल : एलिस ने सोचा। अब किसी भी सवाल का जवाब देने को उसका धैर्य चुक गया था। इल्ली भी बड़े ख़राब मूड में लग रहा था, सो एलिस वहां से चल पड़ी।

“वापस आ जाओ,” इल्ली ने पुकारा, “मुझे तुमसे कुछ ज़रूरी बात करनी है।”

यह एक बढ़िया मौक़ा था, इसलिए एलिस एड़ियों पर घूम गई और वापस आ गई। आख़िर वह उसे कुछ बताना चाहता था और शायद यह उसके लिए कुछ काम की बात हो। कुछ मिनटों तक तो वह सिर्फ़ हुक़्क़ा ही पीती रही, पर अन्त में उसने अपनी बांहें मोड़ीं, मुंह से हुक़्क़ा निकाला और बोला, “तो तुम्हें लगता है कि तुम बदल गई हो, क्या ऐसी ही बात है?”

“मुझे लगता तो ऐसा ही है जनाब,” एलिस बोली।

“तुम कितनी लम्बाई चाहती हो?”

“असल में, मैं लम्बाई को लेकर ज़्यादा परेशान नहीं हूं,” एलिस जल्दी से बोली, “आप जानते हैं, मैं इस तरह जल्दी-जल्दी बदलते रहने से थक चुकी हूं।”

“नहीं, मैं तो नहीं जानता,” इल्ली बोला।

एलिस ने कुछ नहीं कहा। उसकी ज़िन्दगी में आज तक कभी भी उसे इतना ज़्यादा नहीं टोका गया था और वह जानती थी कि जल्दी ही उसे गुस्सा आने वाला है।

“क्या अब तुम अपनी लम्बाई से सन्तुष्ट हो?” इल्ली ने पूछा।

“अगर आप बुरा न मानें, तो मैं थोड़ा और लम्बी होना चाहूंगी,” एलिस ने जवाब दिया, “तीन इंच की लम्बाई भी क्या ख़ाक़ अच्छी है!”

ग़ुस्से से जवाब देते हुए इल्ली बोला, “निश्चित ही यह बहुत अच्छी लम्बाई है।” बोलते वक़्त उसने ख़ुद को नीचे से ऊपर तक देखा। तुमने तो देखा ही है कि वह ख़ुद भी तीन इंच लम्बा था।

एलिस अपनी सफ़ाई देते हुए बोली, "लेकिन मैं इसकी आदी नहीं हूं।"

"कुछ समय बाद तुम इसकी आदी हो जाओगी," इल्ली बोला। बोलने के साथ ही उसने अपने मुंह में फिर से हुक़्क़ा की नली डाल ली और गुड़गुड़ाने लगा।

इस बीच एलिस धैर्यपूर्वक उसके फिर से बोलने का इन्तज़ार करने लगी। दो-एक मिनट बाद इल्ली ने अपने मुंह से हुक़्क़ा हटाया, दो-एक बार जम्हाई ली और सुस्ती भगाने के लिए ख़ुद को झिंझोड़ा।

इसके बाद वह मशरूम से नीचे उतरा और घास के अन्दर से रेंगता हुआ चला गया। जाते हुए वह बोला, "इसका एक हिस्सा तुम्हें लम्बा बनाएगा और दूसरा हिस्सा तुम्हें छोटा बनाएगा।"

एलिस हैरान हो गई : किस चीज़ का एक हिस्सा? किस चीज़ का दूसरा हिस्सा?

"मशरूम का," इल्ली ने जवाब दिया। मानो उसने एलिस के मन में उठते सवाल को सुन लिया था। दूसरे ही पल इल्ली नज़रों से पूरी तरह ओझल हो गया।

अपने ही ख़यालों में डूबी हुई, एलिस एक मिनट तक तो मशरूम को देखती ही रही। तब उसने इसके चारों तरफ़ अपनी दोनों बांहों को जितना फैलाया जा सकता था, उतना फैलाया और दोनों हाथों से इसके किनारे का एक-एक टुकड़ा तोड़ लिया।

इनका असर देखने के लिए, वह अपने दाएं हाथ वाले टुकड़े को थोड़ा-सा कुतरते हुए ख़ुद से बोली, "अब कौन वाला कौन-सा है?" अगले ही पल तेज़ी से उसकी ठुड्डी उसके पांवों से टकराई।

उसकी ठुड्डी उसके पांवों से इतना कसकर सट गई थी कि वह बड़ी

मुश्किल से ही अपना मुंह खोल सकती थी। ख़ैर, किसी तरह उसने अपने बाएं हाथ वाले टुकड़े का एक क़तरा निगल ही लिया।

"आख़िर मेरा सिर आज़ाद हो गया," एलिस ख़ुशी के स्वर में बोली। लेकिन अगले ही मिनट जब उसने पाया कि उसके कन्धे कहीं भी नहीं दिखाई दे रहे थे तो उसकी यह ख़ुशी, चिन्ता में बदल गई। जब उसने नीचे देखा तो उसे एक बहुत-बहुत लम्बी गर्दन दिखाई दी। ऐसा लग रहा था, मानो उसके नीचे फैली हरी पत्तियों के समुन्दर से कोई डंठल बाहर निकल आया हो।

एलिस ने ख़ुद से पूछा, "ये इतना सारा हरा-हरा क्या है? मेरे कन्धे कहां चले गए? ओह, मेरे बेचारे हाथो, मैं तुम्हें देख क्यों नहीं पा रही हूं?"

जब उसके हाथों को उसके सिर तक आने का कोई तरीक़ा नज़र नहीं आया, तो उसने अपने सिर को ही नीचे हाथों तक ले जाने की कोशिश की। यह देखकर उसे बड़ी ख़ुशी हुई कि उसकी गर्दन सांप की तरह किसी भी दिशा में आसानी से घूम जा रही थी। नीचे, इधर-उधर फैली पत्तियों के आकर्षक झुरमुटों की ओर अपनी गर्दन को मोड़ने में वह कामयाब हो गई। अभी वह उन पत्तियों के बीच में नीचे गोता लगाने ही जा रही थी कि तभी उसने पाया कि ये तो पेड़ों के शिखर हैं।

सीत्कार की एक तेज़ आवाज़ की वजह से, वह जल्दी से वापस ऊपर आ गई। एक बड़ा कबूतर उसके चेहरे के एकदम पास उड़ रहा था और अपने पंखों से उस पर चोट कर रहा था।

"सांप!" कबूतर चिल्लाया।

एलिस ग़ुस्से से बोली, "मैं सांप नहीं हूं। मुझे अकेला छोड़ दो।"

कबूतर फिर से बोला, "मैं कहता हूं, तुम सांप हो। ओह, कितनी नफ़रत करता हूं मैं उनसे। रात-दिन मैं उनकी ताक में बैठा रहता हूं। अब मैं क्या बताऊं, कई हफ्तों से मैंने रात को पलक तक नहीं झपकाई।"

इस परेशानहाल पक्षी के प्रति अपनी संवेदना प्रकट करते हुए एलिस बोली, "बड़े दुख की बात है कि तुम इतना परेशान रहे।"

कबूतर ने बोलना जारी रखा, "अभी मैं जंगल के सबसे ऊंचे पेड़ पर बैठा ही था और यह सोच ही रहा था कि अब इनसे मेरा पल्ला छूट गया है कि अचानक आसमान से बलखाता हुआ एक सांप नीचे आने लगा।"

एलिस बोली, "लेकिन मैं तुम्हें बता चुकी हूं कि मैं सांप नहीं हूं। मैं तो...मैं तो एक..."

"हां-हां, बोलो ! तुम क्या हो ?" कबूतर ने पूछा।

"मैं एक छोटी लड़की हूं," एलिस ने समझाया, हालांकि उसे ख़ुद भी इस बात पर ज़रा सन्देह था। वह आज दिन-भर में अपने अन्दर आए बदलावों के बारे में सोच रही थी। कबूतर उसकी बात पर यक़ीन न करते हुए बोला, "काफ़ी अच्छी कहानी गढ़ी है। मैंने अपने ज़माने में ढेर सारी छोटी लड़कियों को देखा है, लेकिन मैंने कभी भी इतनी लम्बी गर्दन वाली कोई लड़की नहीं देखी। तुम एक सांप हो और इस बात से इनकार करने का कोई फ़ायदा नहीं है। मेरे ख़याल से अब तुम यह कहोगे कि तुमने कभी कोई अंडा चखा ही नहीं है।"

एलिस एक बहुत ही सच बोलने वाली लड़की थी। वह बोली, "बेशक मैंने अंडे खाए हैं। तुम जानते ही होगे कि छोटी लड़कियां तो सांपों की तरह अक्सर ही अंडे खाया करती हैं।"

कबूतर बोला, "मैं इसे नहीं मानता, लेकिन अगर वे ऐसा करती हैं तो वे भी एक तरह से सांप ही हुईं। मैं तो सिर्फ़ इतना ही कह सकता हूं।"

एलिस के लिए यह एकदम नई बात थी, इसी वजह से दो-एक मिनट के लिए तो वह एकदम ख़ामोश हो गई। इस बीच कबूतर को आगे बोलने का मौक़ा मिल गया, "तुम अंडे तलाश रही थी, मैं यह अच्छी तरह से जानता हूं। इस बात से मेरा क्या लेना-देना कि तुम एक छोटी लड़की हो या फिर सांप?"

एलिस जल्दी से बोली, "तुम्हारे मतलब की हो या नहीं, पर मेरे मतलब की तो है। वैसे तो मैं अंडे नहीं ढूंढ़ रही थी, लेकिन अगर मैं ऐसा कर भी रही थी, तो भी मुझे तुम्हारे अंडे नहीं चाहिए। मुझे कच्चें अंडे खाना पसन्द नहीं है।"

कबूतर कर्कश स्वर में बोला, "ठीक है, तो बात ख़त्म हुई।" यह कहने के साथ ही वह वापस अपने घोंसले में जाकर बैठ गया।

एलिस पेड़ों के बीच से जितना हो सकता था, उतना नीचे झुक गई। उसकी गर्दन पेड़ों की शाखाओं से उलझ रही थी, इसलिए उसे बार-बार रुकना पड़ता और इसे शाखाओं से छुड़ाना पड़ रहा था।

कुछ देर बाद उसे याद आया कि अभी भी वह अपने हाथों में मशरूम के टुकड़े पकड़े हुए थी। इसलिए उसने कभी इस हाथ से तो कभी उस हाथ से इन्हें कुतरना शुरू किया। कभी वह बढ़ जाती और फिर कभी छोटी हो जा रही थी। आख़िरकार किसी तरह उसने अपनी लम्बाई को सामान्य बना लिया।

पहले तो उसे अपनी सामान्य लम्बाई में अजीब-सा महसूस हुआ, पर कुछ मिनटों बाद ही वह इसकी भी आदी हो गई। जल्दी ही उसने पहले की तरह ख़ुद से बोलना शुरू कर दिया, "अब मेरी आधी योजना

तो पूरी हो गई है। अब बस उस बग़ीचे के अन्दर जाना बाक़ी है, लेकिन मैं यह करूंगी कैसे?"

बात करते-करते वह एक खुली जगह में आ गई थी। यहां पर एक छोटा-सा मकान बना हुआ था, जो सिर्फ़ चार फ़ुट ऊंचा था। एलिस ने सोचा : यहां चाहे जो भी रहता हो, पर अगर वह अभी मुझे देख लेगा तो मेरे क़द को देखकर तो डर के मारे उसके होश ही उड़ जाएंगे।

बिना वक़्त बर्बाद किए, उसने अपने दाएं हाथ वाले मशरूम के टुकड़े को कुतरना शुरू कर दिया और वह तब तक उस मकान के नज़दीक नहीं गई, जब तक कि वह सिकुड़कर सिर्फ़ नौ इंच की नहीं रह गई।

सुअर और काली मिर्च

दो-एक मिनट तक एलिस खड़ी-खड़ी घर को देखती रही। वह यह सोच रही थी कि अब आगे क्या करना चाहिए, कि तभी बढ़िया कपड़े पहने हुए एक अर्दली जंगल से दौड़ता हुआ वहां आया। आश्चर्यचकित एलिस, उसकी वेशभूषा की वजह से उसे अर्दली समझ बैठी। अगर कहीं उसने ग़ौर से उसके चेहरे को देखा होता, तो वह उसे एक मछली कहती।

उस मछली-अर्दली ने दरवाज़े को ज़ोर से ठकठकाया। दरवाज़े को खोलने वाला भी एक अर्दली था, जिसने बिल्कुल पहले वाले की ही तरह के कपड़े पहन रखे थे। उसका गोल चेहरा और बड़ी-बड़ी आंखें एकदम मेंढक जैसी थीं। एलिस ने ग़ौर किया कि उन दोनों अर्दलियों का पूरा सिर घुंघराले बालों से सजा हुआ था। अब तक उसकी उत्सुकता इतनी बढ़ गई थी कि उनकी बातचीत सुनने के लिए वह चुपके से जंगल से बाहर आ गई।

मछली-अर्दली ने अपनी बांह के नीचे से लगभग अपने ही बराबर बड़ी चिट्ठी निकाली। दूसरे अर्दली को यह चिट्ठी सौंपते हुए, उसने औपचारिक स्वर में घोषणा की, “जमींदारिन साहिबा के लिए। रानी की तरफ़ से क्रोकेट खेलने का निमन्त्रण है।”

अर्दली-मेंढक ने सिर्फ़ शब्दों को थोड़ा इधर-उधर करते हुए वैसे ही

औपचारिक स्वर में दोहराया, "रानी साहिबा की तरफ़ से। जमींदारिन साहिबा के लिए क्रोकेट खेलने का निमन्त्रण है।"

इसके बाद वे एक-दूसरे के आमने-सामने खड़े हुए और अभिवादन करने के लिए थोड़ा झुके। जैसे ही वे झुके, उनके सिर के घुंघराले बाल आपस में उलझ गए।

इस मुग्धकारी दृश्य को देखकर एलिस इतने ज़ोर से हंसी कि उसे भागकर वापस जंगल में जाना पड़ा, ताकि कोई उसकी आवाज़ न सुन ले। वहां पहुंचकर जब उसने फिर से देखा, तब तक मछली-अर्दली जा चुका था और दूसरा भलामानस दरवाज़े के पास ज़मीन पर बैठा हुआ था।

एलिस धीरे-से दरवाज़े तक गई और इसे खटखटाया।

तभी मेंढक-अर्दली बोला, "वहां खटखटाने का कोई फ़ायदा नहीं है। इसकी दो वजहें हैं। पहली तो यह कि मैं दरवाज़े के उसी तरफ़ हूं, जिस तरफ़ तुम हो।

दूसरा, अन्दर वे लोग इतना शोर मचा रहे हैं कि शायद कोई भी तुम्हारी बात नहीं सुन पाएगा।"

इसमें कोई शक नहीं था। वाक़ई अन्दर बहुत ही ज्यादा शोर हो रहा था, क्योंकि वहां से लगातार चीख़ने, चिल्लाने और छींकने की आवाज़ें आ रही थीं। बीच-बीच में एलिस ने बड़े ज़ोर से कुछ तोड़ने-फोड़ने की आवाज़ भी सुनी, मानो कोई प्लेट या केतली टूटकर टुकड़े-टुकड़े हो गई हो।

एलिस बोली, "मेहरबानी करके मुझे यह बताइए कि मैं अन्दर कैसे जा सकती हूं?"

मेंढक-अर्दली बोला, "तुम्हारे दरवाज़ा खटखटाने का तब शायद कुछ तुक होता, जब हम दोनों दरवाज़े के दो तरफ़ होते और दरवाज़ा हमारे

बीच में होता। जैसे मान लो कि तुम अन्दर होती और दरवाज़ा खटखटाती, तो मैं तुम्हें बाहर आने देता।"

"लेकिन मैं अन्दर कैसे जाऊं?" एलिस ने दोहराया।

"मैं कल तक यहीं पर बैठा रहूंगा," मेंढक-अर्दली एलिस की बात का जवाब न देते हुए बोला।

तभी घर का दरवाज़ा खुला और अन्दर से एक बड़ी-सी प्लेट उड़ते हुए सीधे मेंढक-अर्दली के सिर की तरफ़ आई। ख़ुशक़िस्मती से वह सिर्फ़ उसकी नाक को छूते हुए, उसके पीछे के एक पेड़ से टकराई और चकनाचूर हो गई।

"या शायद परसों तक," अपनी बात को जारी रखते हुए अर्दली ऐसे बोला, जैसे कुछ हुआ ही न हो।

चिढ़कर अपने हाथ झटकते हुए एलिस बोली, "ओह, उससे बात करने का कोई फ़ायदा नहीं है। वह तो बिल्कुल ही बुद्धू है।"

यह कहने के साथ ही वह दरवाज़ा खोलकर अन्दर चली गई। अन्दर उसने अपने-आप को एक बड़े-से रसोईघर में पाया, जो धुएं से भरा था। वहां तीन पायों वाले एक मेज़ पर जमींदारिन साहिबा बैठी हुई थीं और एक बच्चे को हौले-हौले झुला रही थीं। रसोइदारिन आग पर चढ़े एक बड़े कड़ाहे पर झुका हुआ था और इसमें पक रहे सूप को हिला रही थी।

ज़ोर से छींकते हुए एलिस ने घोषणा की, "ज़रूर, इस सूप में बहुत ही ज़्यादा काली मिर्च डली हुई है।"

बेशक, वहां की हवा में बहुत ही ज़्यादा काली मिर्च थी। यहां तक कि जमींदारिन साहिबा भी कभी-कभार छींकने लगती थी। वह बेचारा बच्चा तो एक मिनट छींक रहा था और दूसरे मिनट चीख़ रहा था।

रसोईघर में सिर्फ़ दो लोग ही ऐसे थे, जो नहीं छींक रहे थे। एक रसोइया और दूसरा एक बड़ा बिल्ला, जो अंगीठी के ऊपर लेटा हुआ था और उसने एक कान से दूसरे कान तक लम्बी खींसें निपोर रखी थीं।

एलिस ने अदब के साथ जमींदारिन साहिबा से पूछा, "क्या आप प्लीज़ मुझे यह बता सकती हैं कि यह बिल्ली क्यों हंस रही हैं?"

जमींदारिन साहिबा ने फटाक-से जवाब दिया, "क्योंकि वह टेढ़े मुंह वाला बिल्ला है। सुअर!"

जमींदारिन साहिबा की कर्कश आवाज़ सुनकर एलिस चौंक उठी और अचानक उसका पूरा शरीर कांपने लगा। तभी उस डरी हुई लड़की को यह महसूस हुआ कि वह अन्तिम शब्द उस बच्चे को सम्बोधित करके कहा गया था। उसने हिम्मत जुटाई और फिर बोली, "मुझे पता नहीं था कि टेढ़े मुंह वाले बिल्ले हमेशा हंसते रहते हैं। अरे, मुझे तो यह भी मालूम नहीं है कि बिल्लियां हंस भी सकती हैं!"

कड़ी नज़रों से एलिस की ओर देखते हुए जमींदारिन ने टूक-सा जवाब दिया, "वे सभी हंस सकते हैं और उनमें से ज़्यादातर तो हंसते ही हैं।"

एलिस ने विनम्रता से कहा, "मैं तो ऐसे किसी भी बिल्ले के बारे में नहीं जानती, जो ऐसे हंसता हो।"

जमींदारिन ग़ुस्से से बोली, "तुम्हें ज़्यादा मालूम नहीं है और यह एक सच है।"

एलिस को उसकी टिप्पणी अच्छी नहीं लगी और उसने बातचीत के विषय को बदलने का फ़ैसला किया। ठीक इसी समय रसोइदारिन ने कड़ाहे को अंगीठी से उतारा और हरेक चीज़ को जमींदारिन और बच्चे की तरफ़ फेंकना शुरू कर दिया।

डर के मारे ऊपर-नीचे कूदते हुए एलिस बोली, "अरे, ज़रा देखो तो तुम क्या कर रही हो। तुम्हें बच्चे को चोट नहीं पहुंचानी चाहिए।" इसके साथ ही एक बड़ी डेकची उड़ती हुई गई और बच्चा बाल-बाल बचा।

जमींदारिन गुर्राई, "अगर हर कोई अपना काम ठीक से करे, तो दुनिया कई गुना तेज़ घूमने लगेगी।"

अपना ज्ञान बघारने को उत्सुक, एलिस ने जवाब दिया, "इससे कोई फ़ायदा नहीं होगा। आप तो जानती होंगी कि धरती सिर्फ़ चौबीस घंटों में अपनी धुरी के चारों तरफ़ एक बार चक्कर लगा लेती है। आप शायद यह तो नहीं चाहती होंगी कि इसके और तेज़ घूमने से दिन-रात जल्दी-जल्दी होने लगें।"

"छुरी की बात करती है," जमींदारिन अपनी पूरी ताक़त से चिल्लाई। "इसका सिर काट डालो!"

जमींदारिन साहिबा इस पूरे समय बहुत उत्तेजित रहीं। वह बच्चे को पकड़ बैठी थी और एक लोरी गा रही थीं, लेकिन हर छन्द के अन्त में वह बच्चे को ज़ोर से झिंझोड़ देतीं। बेचारा बच्चा इतनी ज़ोर-ज़ोर से रो रहा था कि एलिस लोरी के बोल बड़ी मुश्किल से ही सुन पा रही थी।

बच्चे को एलिस की ओर उछालते हुए वह बोलीं, "यह लो, अगर तुम चाहो तो बच्चे के साथ खेल सकती हो। मुझे तो महारानी के साथ क्रोकेट खेलने जाना है।"

अब एलिस इस नन्हीं-सी जान की अच्छी तरह देखभाल करने को मचल उठी। उसने प्यार से इसे अपनी बाहों में पकड़ लिया। हालांकि वह उसकी कोई मदद तो नहीं कर सकती थी, पर उसने ग़ौर किया कि यह बच्चा बड़ा ही अजीब था। उसकी नाक मुड़ी हुई थी और यह नाक

की बजाय किसी जानवर की थूथनी लग रही थी। सिर्फ़ इतना ही नहीं, बल्कि इसकी आंखें भी बच्चों की आंखों के मुक़ाबले बहुत ज़्यादा छोटी थीं।

पहले-पहल जब बच्चे ने सुअर जैसी घुरघुराहट की तो एलिस को लगा कि शायद वह सुबुक कर रो रहा है। इसलिए उसने देखा कि कहीं वह रो तो नहीं रहा है। लेकिन उसकी आंखों में आंसू नहीं थे। एलिस गम्भीरता से बोली, "अगर कहीं तुम सुअर में बदल रहे हो, तो फिर मैं तुम्हारे लिए कुछ भी नहीं कर पाऊंगी।"

अगली बार वह इतनी ज़ोर से घुरघुराया कि एलिस चौकन्नी हो गई। अब इसमें शक की कोई गुंजाइश नहीं थी। बेशक वह बच्चा सुअर बन गया था। इसीलिए एलिस ने उसे नीचे रख दिया और डगमगाती चाल में जंगल के अन्दर जाते देखकर उसने राहत की सांस ली।

एलिस ख़ुद से बोली, "मेरे ख़याल से यह लड़का बड़ा होकर बहुत ही डरावनी शक्ल वाला होता, लेकिन अब शायद यह बहुत ही ख़ूबसूरत सुअर बनेगा।"

ज्यों ही एलिस आगे जाने लगी, तो उसने अपने कुछ गज़ आगे टेढ़े मुंह वाले बिल्ले को देखा, जो एक पेड़ की डाल पर बैठा हुआ था।

एलिस को देखते ही उस बिल्ले ने अपनी पूरी खींसें निपोर दीं। एलिस को वह बहुत अच्छे स्वभाव का लगा। फिर भी, उसके बड़े-बड़े पंजों और दांतों को देखकर एलिस को यह एहसास हुआ कि उससे इज़्ज़त से बात की जानी चाहिए।

"प्यारे म्याऊं," वह ज़रा धीरे-से बोली, क्योंकि वह नहीं जानती थी कि यह नाम उसे पसन्द भी आएगा या नहीं।

हालांकि बिल्ले ने सिर्फ़ अपनी बत्तीसी थोड़ी और फैला दी। एलिस

ने सोचा कि वह बहुत ख़ुश हुआ है और वह बोली, "तुम प्लीज़ मुझे बताओगे कि मुझे यहां से जाने के लिए कौन-सा रास्ता पकड़ना चाहिए?"

"यह काफ़ी हद तक इस पर निर्भर करता है कि तुम जाना कहां चाहती हो," बिल्ले ने कहा।

"मुझे ज़्यादा परवाह नहीं कि कहां..."

"तो इससे कोई फ़र्क़ ही नहीं पड़ता है कि तुम किस रास्ते से जाती हो," बिल्ले ने उसे बीच में ही टोक दिया।

"मुझे कहीं भी पहुंचने में कितना वक़्त लगेगा?" एलिस ने पूछा।

"ओह, अगर तुम ऐसा करने के लिए तय कर चुकी हो," बिल्ले ने टिप्पणी की, "तो काफ़ी चलने के बाद ही तुम कहीं पहुंच सकोगी।"

"ज़रा मुझे यह बताओ कि वहां किस तरह के लोग रहते हैं?" एलिस ने सवाल किया।

अपना दायां पंजा उठाते हुए बिल्ला बोला, "इस दिशा में एक हैट बनाने वाला रहता है और उस दिशा में," उसने अपना बायां पंजा उठाकर कहा, "एक ख़रगोश रहता है, जो मार्च के महीने में पैदा हुआ था। तुम्हें जहां पसन्द हो वहां जाओ। वे दोनों ही पागल हैं।"

"लेकिन मैं पागलों के बीच में नहीं रहना चाहती," एलिस ने जवाब दिया।

"ओह, लेकिन तुम इससे बच नहीं सकतीं। यहां हम सभी पागल हैं। मैं भी। तुम भी।"

"तुम्हें कैसे पता कि मैं पागल हूं," एलिस ने पूछा।

"तुम हो ही, वरना तुम यहां आई ही नहीं होतीं," बिल्ला बोला।

एलिस को नहीं लगा कि इससे कुछ भी सिद्ध होता है। हालांकि उसने आगे कहा, "और तुम्हें यह कैसे पता कि तुम पागल हो?"

बिल्ले ने कहा, "चलो यहां से शुरुआत करते हैं कि एक कुत्ता पागल नहीं है। क्या तुम इससे सहमत हो?"

"मुझे ऐसा लगता तो है," एलिस बोली।

"ठीक है, तो एक कुत्ता जब नाराज़ होता है, तो वह गुर्राता है और जब ख़ुश होता है, तो अपनी पूंछ हिलाता है। और जब मैं ख़ुश होता हूं तो गुर्राता हूं और नाराज़ होता हूं, तो पूंछ हिलाता हूं। इसलिए, मैं पागल हूं।"

"मैं इसे गुर्राना नहीं, घुरघुराना कहती हूं।"

"तुम जो चाहे कहो," बिल्ला बोला, "क्या तुम आज महारानी के साथ क्रोकेट खेलने जा रही हो?"

"मेरी इच्छा तो बहुत है, लेकिन मुझे अभी तक बुलावा नहीं आया है।"

"तो मेरा इन्तज़ार करो," बिल्ले ने मुस्कुराते हुए कहा और एलिस की नज़रों के ठीक सामने से ग़ायब हो गया।

एक बकवास चाय-पार्टी

जब बिल्ला ग़ायब हुआ, तो एलिस को कोई बहुत ज़्यादा आश्चर्य नहीं हुआ, क्योंकि अब वह इस तरह की चीज़ों को देखने की आदी हो चुकी थी। अभी वह टकटकी लगाए उसी जगह को घूरे जा रही थी, जहां वह बैठा हुआ था, कि इतने में घने बालों वाला उसका यह नया दोस्त फिर से प्रकट हो गया।

"हां तो, उस बच्चे का क्या हुआ?" उसने जानना चाहा।

"वह सुअर बन गया," एलिस ने इतनी शान्ति से जवाब दिया, मानो बिल्ले का दुबारा से वापस आ जाना एकदम ही स्वाभाविक हो।

"मैंने भी यही सोचा था," बिल्ले ने कहा और वह फिर से अदृश्य हो गया।

एलिस ने थोड़ी ही देर तक उसका इन्तज़ार किया, क्योंकि वह उसे फिर से देख पाने की कम ही उम्मीद कर रही थी। जब वह नज़र नहीं आया, तो एलिस मार्च ख़रगोश के घर की दिशा में चल पड़ी।

एलिस ख़ुद से बोली, "यह मई का महीना है, इसलिए शायद उसे पागलों जैसी बातें तो नहीं करनी चाहिए। जो भी हो, अब वह कम-से-कम मार्च के महीने जितना पागल तो नहीं ही होगा।" बोलते हुए

जब उसने ऊपर देखा, तो वहां फिर से एक पेड़ की शाख पर वह बिल्ला बैठा हुआ था।

"तुमने क्या कहा, 'सुअर' या 'कुंवर' ?" बिल्ले ने पूछा।

"मैंने 'सुअर' कहा था," जवाब देते हुए एलिस बोली, "और मैं यह चाहती हूं कि तुम इस तरह अचानक ही ग़ायब और प्रकट होना बन्द कर दो। हे भगवान, तुम तो मेरा सिर ही चकरा डालोगे !"

"ठीक है," बिल्ला बोला। तो अबकी बार अपनी दुम के आख़िरी हिस्से से शुरू करते हुए और मुस्कुराते दांतों पर ख़त्म होते हुए वह धीरे-धीरे ग़ायब हुआ। हालांकि उसके दांत तो बाक़ी शरीर के ग़ायब हो जाने के भी कुछ देर बाद ही ग़ायब हुए।

एलिस ने सोचा : मैंने न हंसने वाली बिल्लियां तो कई बार देखी हैं, लेकिन बिल्ली के बिना ही उसके मुस्कुराते हुए दांत ? इतनी अनोखी चीज़ तो मैंने आज तक अपनी ज़िन्दगी में शायद ही कभी देखी हो !"

मार्च ख़रगोश का घर ज़्यादा दूर नहीं था। एलिस ने सोचा कि ज़रूर यही उसका घर होगा, क्योंकि इसमें लम्बे कानों के आकार की चिमनियां लगी थीं और छत पर फरों का छप्पर पड़ा हुआ था। यह मकान इतना बड़ा था कि जब तक अपने बाएं हाथ वाले मशरूम को थोड़ा-सा कुतरकर वह दो फुट लम्बी नहीं हो गई, तब तक वह इसके नज़दीक ही नहीं गई।

आंगन के सामने की तरफ़ एक पेड़ के नीचे एक मेज़ सजी हुई थी और वहां पर मार्च ख़रगोश और हैट बनाने वाला चाय पी रहे थे। उनके बीच में एक सुतक्कड़ चूहा बैठा हुआ था, जो गहरी नींद में था। उसके दोस्त उस पर अपनी कुहनियां टिकाए, तकिये की तरह उसका इस्तेमाल कर रहे थे और उसके सिर के ठीक ऊपर बातें कर रहे थे।

एलिस ने सोचा, चूहे को बहुत असुविधा हो रही होगी, लेकिन नींद में होने की वजह से शायद वह इसका बुरा नहीं मानेगा।

मेज़ काफ़ी बड़ी थी, लेकिन तीनों मित्र एक साथ, एक ही कोने पर जमा थे। जब उन्होंने एलिस को आते देखा, तो वे चिल्लाने लगे, "जगह नहीं है! जगह नहीं है!"

"यहां बहुत जगह है," एलिस ग़ुस्से से बोली और वह मेज़ के आख़िर में रखी एक बड़ी हत्थेदार कुर्सी पर बैठ गई।

"थोड़ी अंगूर की शराब लीजिए," मार्च ख़रगोश विनम्रता से बोला।

एलिस ने मेज़ पर चारों तरफ़ देखा, लेकिन वहां चाय के सिवा कुछ भी नहीं था। "मुझे तो कोई शराब नज़र नहीं आ रही है," उसने टिप्पणी की।

"यहां पर कोई है ही नहीं," मार्च ख़रगोश बोला।

"तो फिर इसे लेने का आग्रह करना कोई अच्छी बात नहीं है," एलिस बोली। वह कुछ ज़्यादा ही चिढ़ गई थी।

मार्च ख़रगोश उसकी बात का जवाब देते हुए बोला, "बिना निमन्त्रण के यहां बैठ जाना भी कोई अच्छी बात नहीं है।"

"मैं नहीं जानती थी कि यह तुम्हारी मेज़ है," एलिस ने उत्तर दिया। इसमें तीन से बहुत ज़्यादा ही लोगों के बैठने की जगह है।"

हैट बनाने वाले ने आंखें बड़ी-बड़ी कर लीं, लेकिन वह सिर्फ़ यही बोला, "एक काले कौवे को लिखने की मेज़ क्यों पसन्द है?"

"मुझे यक़ीन है कि मैं इसका जवाब बूझ सकती हूं," वह बोली।

"क्या तुम्हारे कहने का मतलब यह है कि तुम ऐसा सोचती हो,

कि तुम इसका जवाब ढूंढ़ सकती हो?" मार्च ख़रगोश बोला।

"बिल्कुल ठीक," एलिस बोली।

"तब फिर तुम्हें वही कहना चाहिए, जो तुम कहना चाहती हो," अपनी बात को जारी रखते हुए मार्च ख़रगोश बोला।

"मैंने वही कहा," जल्दी से एलिस ने जवाब दिया, "कम-से-कम मेरा मतलब वही था, जो मैंने कहा। तुम जानते हो, यह एक ही बात है।"

"नहीं, यह एक ही बात नहीं है," हैट बनाने वाला चिल्लाया, "वरना, तुम यह भी कह सकती हो कि 'मैं जो खाती हूं वह देखती भी हूं' और 'मैं जो देखती हूं वह खाती भी हूं,' एक ही बात है।"

"तुम यह भी कह सकती हो," सुतक्कड़ चूहा, जो मानो नींद में बड़बड़ा रहा था, बात को आगे बढ़ाता हुआ बोला, "कि 'मैं जब सोती हूं तो सांस लेती हूं' और 'जब मैं सांस लेती हूं तो सोती हूं,' एक ही बात है।"

हंसी रोकते हुए हैट बनाने वाला बोला, "तुम्हारे लिए तो यह एक ही बात है।" वह और मार्च ख़रगोश ज़ोर-ज़ोर से हंसने लगे।

यहां पर आकर बातचीत रुक गई और सभी एक मिनट के लिए ख़ामोश हो गए। इस बीच एलिस काले कौवों और लिखने की मेज़ों के बारे में हर वो चीज़ याद करने लगी जो वह जानती थी, पर यह ज़्यादा नहीं था।

हैट बनाने वाले ने ही सबसे पहले ख़ामोशी को तोड़ा। उसने एलिस से पूछा, "आज इस महीने की कौन-सी तारीख है?" उसने अपनी जेब से घड़ी निकाली और परेशान होकर इसे देखने लगा। बीच-बीच में वह इसे हिलाता और फिर अपने कान के पास ले जाता था।

"चार," एलिस बोली।

"यानी तुम दो दिन से बन्द पड़ी हो," हैट बनाने वाली आह भरते हुए बोला। "मैंने तुमसे कहा था कि मक्खन मेरी घड़ी के पुर्जे ख़राब कर देगा," ग़ुस्से से मार्च ख़रगोश की तरफ़ देखता हुआ वह बोला।

"लेकिन यह सबसे बढ़िया मक्खन था," मार्च ख़रगोश विनम्रता से बोला।

"ठीक है, पर इसके कुछ कण तो ज़रूर ही इसके अन्दर घुस गए हैं," हैट बनाने वाला ग़ुस्से से बड़बड़ाया।

इसके साथ ही मार्च ख़रगोश ने घड़ी ले ली और इसे अपनी चाय में डुबा दिया। "तुम्हें पता है, यह सबसे बढ़िया मक्खन था।"

उसके कन्धों के ऊपर से देखते हुए एलिस ने टिप्पणी की, "कैसी विचित्र घड़ी है। यह तारीख़ तो बताती है, लेकिन यह नहीं बतलाती कि क्या समय हो रहा है।"

"यह क्यों बताएगी?" हैट बनाने वाला भुनभुनाया, "क्या तुम्हारी घड़ी तुम्हें यह बताती है कि यह कौन-सा साल है?"

एलिस तुरन्त ही बोल पड़ी, "बिल्कुल नहीं, लेकिन ऐसा इसलिए, क्योंकि तब तो यह बहुत ही लम्बे वक़्त तक उसी साल पर रुकी रहेगी।"

"ठीक यही बात मेरे साथ भी है," हैट बनाने वाला बोला।

एलिस बुरी तरह चकरा गई। हैट बनाने वाले की बात का कोई सही अर्थ नहीं निकल रहा था। तिस पर भी, यह थी तो हिन्दी ही।

वह बेहद विनम्रता के साथ बोली, "मैं आपकी बात ठीक से समझी नहीं।"

"सुतक्कड़ चूहा फिर से सो गया है," हैट बनाने वाला बोला और उसने थोड़ी-सी गर्म चाय उस बेचारे की नाक में उड़ेल दी।

सुतक्कड़ चूहे ने बेचैनी से अपना सिर झटका। अपनी आंखें खोले बिना ही वह बोला, "बेशक। यही बात तो मैं ख़ुद भी कहने जा रहा था।"

फिर से एलिस की ओर मुड़ते हुए हैट बनाने वाले ने पूछा, "क्या अब तुमने पहेली बूझ ली है?"

"नहीं, मैं हार मानती हूं," एलिस ने जवाब दिया, "इसका उत्तर क्या है?"

"मुझे तो बिल्कुल ही पता नहीं है," मूर्खतापूर्वक हंसते हुए हैट बनाने वाला बोला।

"मुझे भी नहीं," मार्च ख़रगोश बोला।

एलिस ने थककर आह भरी। वह बोली, "बजाय इसके कि तुम अपना वक़्त ऐसी पहेलियां पूछने में बर्बाद करो जिनके कोई भी उत्तर नहीं होते हैं, मेरे ख़याल से तुम्हें अपने वक़्त का कुछ अच्छा इस्तेमाल करना चाहिए।"

हैट बनाने वाला बोला, "अगर तुम भी मेरी ही तरह वक़्त को जानती होती, तो तुम इसे बर्बाद करने के बारे में नहीं बोलती। तुम्हें इसके बारे में कुछ पता है!"

"नहीं, मैं तुम्हारे कहने का मतलब नहीं समझी," एलिस ने कहा।

"बेशक, तुम यह नहीं समझ सकतीं," हैट बनाने वाला अहंकारपूर्वक बोला, "मुझे यक़ीन है कि तुमने कभी वक़्त से बात भी नहीं की होगी।"

सावधानीपूर्वक जवाब देती हुई एलिस बोली, "शायद नहीं की, लेकिन मैं जानती हूं कि जब मैं संगीत सीख रही थी, तब मुझे वक़्त पर थाप मारनी पड़ती थी।"

हैट बनाने वाला बोला, "वक़्त थाप बर्दाश्त नहीं कर सकता। इसके बजाय अगर तुम उससे अच्छे सम्बन्ध बनाए रखो, तो फिर वह तुम्हारे लिए वह सब-कुछ कर सकता है, जो तुम घड़ी से चाहती होगी। मान लो कि सुबह के नौ बज चुके हों, जो स्कूल में तुम्हारी किताबें खोलने और काम में जुट जाने का वक़्त है, तो तुम्हें वक़्त से सिर्फ़ एकाध शब्द कहना होगा और वह घड़ी की चाल तेज़ कर देगा। जल्दी ही डेढ़ बज जाएंगे और दिन के खाने का वक़्त हो जाएगा।"

कुछ सोचते हुए एलिस बोली, "यह तो बहुत ही बढ़िया होता, लेकिन तब तो मुझे भूख ही नहीं लगी होती।"

"शुरू-शुरू में तो शायद नहीं लगती, लेकिन तब तो तुम जितनी देर तक चाहो वक़्त को डेढ़ बजे पर ही रोक सकती हो," हैट बनाने वाला बोला।

"क्या तुम यही करते हो?" एलिस ने पूछा।

हैट बनाने वाले ने दुखी होकर ना में अपना सिर हिलाया। उसने जवाब दिया, "नहीं, मैं यह नहीं करता। पिछले साल मार्च में उसके पागल होने से ठीक पहले हम लोग लड़े थे," मार्च ख़रगोश की ओर अपने चाय की चम्मच से इशारा करते हुए वह बोला। "यह सब-कुछ एक संगीत-सभा में हुआ, जिसे पान की महारानी के सामने पेश किया जाना था और मुझे गाना था :

झिलमिल, झिलमिल, नन्हे चमगादड़!
अचरज से मैं मारी जाऊं,
तुम कहां हो समझ न पाऊं!

"क्या तुम यह गीत जानती हो?"

"मैंने इसकी ही तरह एक गाना सुना तो है," एलिस बोली।

"तुम्हें पता है, यह और आगे भी है," अपनी बात को जारी रखते हुए हैट बनाने वाला बोला, "आगे सुनो :

ऊपर नभ में उड़ती हो,
चाय के ट्रे जैसी लगती हो
झिलमिल, झिलमिल

ठीक इसी जगह पर सुतक्कड़ चूहे ने अपने पूरे बदन को झिंझोड़ा और नींद में ही गाने लगा, "झिलमिल, झिलमिल, झिलमिल, झिलमिल. ..."। वह इतनी देर तक ऐसे ही गाता रहा कि उसे चुप कराने के लिए उन्होंने उसे चिकोटी काटी।

हैट बनाने वाला बोला, "अभी मैंने मुश्किल से पहला छन्द ख़त्म ही किया था कि रानी चिल्लाई, 'वह वक़्त का सत्यानाश कर रहा है। उसका सिर उड़ा दो!' उस दिन से वक़्त मेरा कहा कोई काम नहीं करता है। इसलिए अब यहां हमेशा ही छः बजा रहता है।"

वक़्त के बारे में इस पूरी बातचीत के दौरान एलिस ख़ुद के बारे में कुछ सोचे जा रही थी। उसके दिमाग़ में एक बहुत ही बढ़िया ख़याल आया। अपने सामने रखे चीनी मिट्टी के चायदान को अपनी चम्मच से ठकठकाते हुए वह बोली, "सब लोग शान्त हो जाओ।"

बाक़ी लोग आश्चर्य से उसकी ओर देखने लगे।

सच पूछो तो, एलिस स्वयं भी आश्चर्यचकित हो गई थी।

उसे तो यही सिखाया गया था कि नए विचारों का आना हमेशा ही

एक बड़ी उपलब्धि होती है। लेकिन ऐसी अजीब जगह और ऐसे अजीब प्राणियों के बीच में किसी नए ख़याल का आना उसे उतना ही अजीब लगा, जितनी कि अजीबोग़रीब चीज़ें यहां पर हो रही थीं।

एक जगह से कूच
और एक जगह पर आगमन

एलिस ने सीधे उन लोगों की तरफ़ देखा।

"चाय रखने और बनाने की जो इतनी सारी चीज़ें मेज़ पर रखी हुई हैं, क्या इसकी यही वजह है कि यहां हमेशा ही छ: बजे होते हैं?" उसने अपने तीनों साथियों से पूछा।

"हां, ठीक यही बात है," आह भरते हुए हैट बनाने वाला बोला, "यहां हमेशा ही चाय का वक़्त रहता है और ठीक इसीलिए हमें इन सभी कप-प्लेटों को धोने का वक़्त ही नहीं मिलता।"

"तब तो साफ़ जगह के लिए आप लोग हमेशा ही मेज़ के चारों ओर खिसकते रहते होंगे, क्या यही बात है?" एलिस ने पूछा।

"बिल्कुल ठीक," हैट बनाने वाला बोला, "हरेक बार इन सामानों का इस्तेमाल कर चुकने के बाद हम लोग आगे खिसक जाते हैं।"

"लेकिन तब क्या होता है, जब आप लोग घूमकर अपनी शुरुआती जगह में वापस आ जाते हैं?"

"अब कुछ और बात करते हैं," बीच में ही टोककर मार्च ख़रगोश

जम्हाई लेने लगा। "चाय के वक़्त के बारे में चल रही इस बातचीत से मैं तो ऊब गया हूं। मेरी राय है कि यह नौजवान लड़की हमें एक कहानी सुनाए।"

मार्च ख़रगोश की टिप्पणी से चौंककर एलिस ने चाय की मेज़ के बारे में अपने शानदार विचार को वहां न कहने का फ़ैसला किया। कुछ और बात करने के बजाय वह सामान्य लहजे में बोली, "मुझे कोई अच्छी कहानी नहीं आती है।"

"तो फिर सुतक्कड़ चूहा कहानी सुनाएगा," मार्च ख़रगोश और हैट बनाने वाला, दोनों चिल्लाए। उन्होंने उसके दोनों बगलों में चिकोटी काटी और बोले, "उठ जाओ, सुतक्कड़ चूहे!"

सुतक्कड़ चूहे ने धीरे से अपनी आंखें खोलीं। बेसुरी व मंद आवाज़ में वह बोला, "मैं सो नहीं रहा था। मैं तुम लोगों की सारी बातें सुन रहा था।"

"हमें कोई कहानी सुनाओ," मार्च ख़रगोश बोला।

"और ज़रा जल्दी करो, वरना इसके ख़त्म होने से पहले ही तुम फिर से सो जाओगे," हैट बनाने वाले ने बात आगे बढ़ाई।

सुतक्कड़ चूहे ने जल्दी-जल्दी बोलना शुरू किया, "बहुत समय पहले किसी जगह पर तीन बहनें रहती थीं। उनके नाम एल्सी, लेसी और टाइली थे और वे एक कुएं के अन्दर रहती थीं।"

"वे खाती क्या थीं?" एलिस ने पूछा। वह हमेशा ही यह जानने को उत्सुक रहती थी कि लोग क्या खाते और पीते हैं।

दो-एक मिनट तक सोचने के बाद सुतक्कड़ चूहा बोला, "वे गरुड़-बूटी खाती थीं।"

“वे ऐसा नहीं कर सकतीं,” एलिस ने टिप्पणी की, “गरुड़-बूटी एक दवाई है, जिसका इस्तेमाल ज़हर के लक्षणों से राहत पाने के लिए किया जाता है। अगर वे गरुड़-बूटी खाती थीं, तब तो वे बीमार रही होंगी।”

“ठीक है, तो वे बहुत बीमार थीं,” सुतक्कड़ चूहा बोला।

“लेकिन वे कुएं के अन्दर क्यों रहती थीं?” एलिस ने जानना चाहा।

सुतक्कड़ चूहा फिर से दो-एक मिनट तक सोचता रहा और तब बोला, “यह एक गरुड़-बूटी का कुआं था।”

“ऐसी कोई चीज़ नहीं होती है,” एलिस ग़ुस्से से चिल्लाई।

“अगर तुम शान्ति से नहीं सुन सकती, तो तुम ख़ुद ही कहानी पूरी कर लो,” रूठते हुए सुतक्कड़ चूहा बोला।

“नहीं, प्लीज़ तुम कहानी जारी रखो,” एलिस विनम्रता से बोली, “अब मैं तुम्हें नहीं टोकूंगी। हो सकता है, ऐसा कोई एक कुआं हो ही।”

“बेशक एक तो था,” सुतक्कड़ चूहा क्रुद्ध होकर बोला। जो भी हो पर उसने कहानी जारी रखने का फ़ैसला कर लिया था। “और ये तीनों बहनें चित्र खींचना सीख रही थीं।”

“वे क्या खींचती थीं?” एलिस ने पूछा। वह उसे बीच में न टोकने का अपना वादा भूल गई थी।

“गरुड़-बूटी,” सुतक्कड़ चूहे ने कहा।

“मुझे एक साफ़ कप चाहिए,” हैट बनाने वाले ने बीच में टोका। “चलो हम लोग एक-एक जगह आगे खिसक जाते हैं।”

बोलने के साथ ही हैट बनाने वाला आगे खिसक गया, और सुतक्कड़ चूहे ने उसका अनुसरण किया। ख़रगोश ने सुतक्कड़ चूहे की जगह ले ली और एलिस ख़रगोश की कुर्सी पर बैठ गई। इस पूरी कार्रवाई से सिर्फ़ और सिर्फ़ हैट बनाने वाले को ही फ़ायदा हुआ। एलिस की स्थिति तो पहले से भी ख़राब थी, क्योंकि ठीक जगह बदलते समय ख़रगोश ने अपनी प्लेट पर दूध का जग गिरा दिया था।

एलिस, सुतक्कड़ चूहे को फिर से नाराज़ नहीं करना चाहती थी, इसलिए वह सावधानीपूर्वक बोलने लगी। "मैं समझी नहीं। वे तीनों बहनें गरुड़-बूटी कहां से खींचती थीं?"

हैट बनाने वाला बोला, "जैसे तुम पानी के कुएं से पानी खींच सकती हो, वैसे ही मेरे ख़याल से गरुड़-बूटी के कुएं से गरुड़-बूटी भी खींच सकती हो...क्या समझी?"

"लेकिन वे तो कुएं के अन्दर थीं," एलिस ने सुतक्कड़ चूहे से कहा।

"बेशक वे इसके काफ़ी अन्दर थीं," सुतक्कड़ चूहा बोला। "काफ़ी ज़्यादा अन्दर। वे वहां पर कई तरह की चीज़ों के चित्र बनाना सीख रही थीं। वे हर उस चीज़ का चित्र बनाती थीं, जिनके नाम 'च' अक्षर से शुरू होते हैं, जैसे : चूहेदानी, चांद, चालाकी और चमकदार। तुम जानती हो न जैसा कि कहते हैं 'चमक से भी ज़्यादा चमकदार'। क्या तुमने कभी ऐसा कोई चित्र देखा है जिसे चमकदार का चित्र कहते हैं?"

चकराई-सी एलिस बोली, "अब अगर तुम मुझसे पूछ ही रहे हो तो मैं नहीं समझती..."

"तब तुम बोला भी मत करो," हैट बनाने वाला बोला।

ऐसे रूखे बर्ताव को बर्दाश्त करना एलिस के बूते से बाहर था,

इसलिए वह ग़ुस्से से उठीं और वहां से चल पड़ी। दो-एक बार उसने पीछे मुड़कर देखा कि शायद हैट बनाने वाला और ख़रगोश उसे वापस बुला लें। हालांकि, जब आख़िरी बार उसने उन्हें देखा तो वे सुतक्कड़ चूहे को क़ेतली में ठूंसने की कोशिश कर रहे थे।

"मैं अब कभी भी वहां नहीं जाऊंगी," जंगल के रास्ते से गुज़रते हुए एलिस बोली, "मैंने अपनी पूरी ज़िन्दगी में इससे ज़्यादा बकवास चाय-पार्टी नहीं देखी।"

अपनी बात पूरी करते ही उसने ग़ौर किया कि वहां एक पेड़ के सामने एक दरवाज़ा है। "यह बहुत ही अजीब है," वह बोली, "लेकिन आज तो सब-कुछ ही अजीब हो रहा है। मेरे ख़याल से मुझे अन्दर जाना चाहिए।"

एक बार फिर से एलिस ने ख़ुद को एक बड़े-से हॉल के अन्दर, शीशे की एक छोटी मेज़ के नज़दीक पाया। "इस बार मैं सब-कुछ ढंग से करूंगी," वह ख़ुद से बोली।

सबसे पहले उसने सुनहरी चाभी उठाई और फिर बग़ीचे की ओर खुलने वाले दरवाज़े का ताला खोला। इसके बाद वह अपनी जेब में रखे मशरूम को तब तक कुतरती रही, जब तक कि वह क़रीब एक फ़ुट लम्बी न रह गई।

यह सब हो जाने के बाद, वह संकरे रास्ते से होकर चलने लगी, और यह देखकर उसके आश्चर्य और ख़ुशी का ठिकाना न रहा कि वह आख़िरकार ख़ूबसूरत फुलवारियों और ठंडे पानी के झरनों वाले उस सुन्दर बग़ीचे में पहुंच चुकी थी।

बग़ीचे के प्रवेशद्वार के नज़दीक ही गुलाब का एक बड़ा पेड़ था। इसमें सफ़ेद गुलाब लगे थे, पर तीन माली इनकी पंखुड़ियों को लाल रंग से रंगने में व्यस्त थे।

एलिस को यह बहुत अजीब लगा और वह उनका काम देखने के लिए पेड़ के नज़दीक जैसे ही जाने लगी, उसने उनमें से एक को कहते सुना, "ध्यान से, पंजे। मेरे ऊपर इस तरह से रंग मत छलकाओ।"

"मैंने कुछ नहीं किया," पंजा बोला, "सत्ते ने मेरी कुहनी पर ठोहका मार दिया।"

इस पर सत्ते ने ऊपर देखा और बोला, "बहुत अच्छा, पंजे। हमेशा अपनी ग़लतियां दूसरों के मत्थे मढ़ देते हो।"

"तुम्हारे लिए यह ज़्यादा अच्छा होगा कि तुम ज़रा ध्यान से बोला करो," पंजा बोला, "अभी कल ही मैंने रानी को यह कहते सुना था कि तुम इसी लायक हो कि तुम्हारा सिर काट दिया जाए।"

"किस बात के लिए?" सबसे पहले बोलने वाले ने पूछा।

"इससे तुम्हारा कोई मतलब नहीं है, दुग्गी," सत्ता बोला।

"बेशक उसे इससे मतलब है," पंजा बोला, "और मैं उसे यह बताऊंगा। यह रसोइए के पास प्याज़ के बजाय ट्यूलिप की गांठें ले गया था।"

सत्ते ने अपना ब्रुश नीचे फेंक दिया और बोला, "यह तो नाइंसाफ़ी है!" अचानक उसने एलिस को देखा, जो उन्हें ही देख रही थी। उसने और दूसरे मालियों ने भी झट-से झुककर उसका अभिवादन किया।

"क्या आप लोग, प्लीज़ मुझे यह बताएंगे कि आप लोग इन गुलाबों को क्यों रंग रहे हैं?" एलिस ने पूछा।

पंजा और सत्ता कुछ भी बोलने के बजाय दुग्गी की ओर देखने लगे, जिसने धीमी आवाज़ में बताया, "बात दरअसल यह है मिस, कि हमें लाल गुलाब लाने का आदेश दिया गया था, पर हमने ग़लती से सफ़ेद

लगा दिया। अगर रानी ने यह देख लिया, तो हमें अपने-अपने सिरों से हाथ धोना पड़ जाएगा। इसीलिए, आप तो देख ही रही हैं कि हम लोग अपनी तरफ़ से पूरी कोशिश कर रहे हैं कि उनके आने से पहले..."

उसी समय पंजा, जो ध्यान से बग़ीचे पर नज़र रखे हुए था, चिल्लाया, "रानी ! रानी !"

तुरन्त ही तीनों माली मुंह के बल ज़मीन पर सीधे लेट गए। दूर से क़दमों की आहट आ रही थी, और एलिस महारानी को देखने के लिए उत्सुकतापूर्वक इधर-उधर ताक रही थी।

पहले, चिड़ि के दस सिपाही मार्च करते हुए आए। वे सभी मालियों की ही तरह चौकोर और सीधे थे। इनके कोनों से उनके हाथ और पांव बाहर निकले हुए थे।

इसके बाद शाही दरबार के सेवक, दस दरबारी आए, जिन पर ईंट के निशान बने हुए थे। सैनिकों की ही तरह वे भी दो-दो करके आए। दरबारियों के बाद, एक-दूसरे का हाथ पकड़कर ठुमकते हुए दस शाही बच्चे आए। ये सिर से पांव तक पान के निशान से ढके हुए थे।

इसके बाद मेहमान आए, जिनमें से ज़्यादातर राजा और रानियां थीं और ये बहुत ही सजे-धजे दिख रहे थे। इनके बीच में सफ़ेद ख़रगोश दौड़ रहा था। वह डरते हुए बोल रहा था, लेकिन वहां जो कुछ भी कहा जा रहा था, उसमें से लगभग हर बात पर वह कृतज्ञतापूर्वक मुस्कुराता जा रहा था।

ख़रगोश के पीछे-पीछे गहरे लाल रंग की एक गद्दी पर रखा राजा का ताज उठाए, गर्व से पान का गुलाम चला आ रहा था। इस शाही जुलूस के आख़िर में चहलक़दमी करते हुए पान की रानी और राजा आए।

एलिस यह तय नहीं कर पा रही थी कि क्या उसे भी मालियों की

तरह मुंह के बल ज़मीन पर लेट जाना चाहिए या नहीं। सच तो यह था कि उसने कभी भी ऐसे किसी नियम के बारे में नहीं सुना था। इसके अलावा ऐसे जुलूस का फ़ायदा ही क्या, जिसे लोग देख भी न पाएं? : एलिस ने सोचा तो वह अपनी जगह पर ही खड़ी रही और उनके आने का इन्तज़ार करने लगी।

शाही दल एलिस के नज़दीक पहुंचकर रुक गया और सभी उसकी ओर ध्यान से देखने लगे। फ्रॉक के भीतर एलिस को अपना दिल तेज़ी से धड़कता हुआ महसूस हुआ और लगा कि उसकी टांगें कांप रही हैं। उसकी सांसें तेज़ी से अन्दर-बाहर हो रही थीं और उसे अपना सिर भारी महसूस होने लगा और एक पल के लिए तो वह डर के मारे सफ़ेद पड़ गई थी।

अचानक रानी पान के गुलाम की ओर मुड़ी और एलिस की तरफ़ इशारा करते हुए वह तेज़ आवाज़ में चीख़ी, "कौन है यह?"

अचानक सबकी नज़रें एलिस के ऊपर गड़ गईं। उसे अपनी ज़िन्दगी में कभी भी इतना ज़्यादा डर नहीं लगा था। वह लगभग भूल ही गई कि पान की रानी ने उसका नाम पूछा है और वह बेचैनी से उसके जवाब की प्रतीक्षा में खड़ी है!

रानी का क्रोकिट खेलने का मैदान

"मेरा नाम एलिस है, महारानी साहिबा," अपना पूरा साहस बटोरकर उसे भयभीत लड़की ने जवाब दिया और विनम्रतापूर्वक झुककर उनका अभिवादन किया। फिर वह ख़ुद से बोली, "आख़िर यह सिर्फ़ ताश की गड्डी ही तो है। मुझे इनसे डरने की कोई ज़रूरत नहीं है।"

"और ये लोग कौन हैं?" रानी ने मालियों की तरफ़ इशारा करके पूछा, जो गुलाब के पेड़ के पास ही अपना सिर नीचे करके लेटे हुए थे।

मालियों के पीछे भी वैसा ही डिजाइन बना हुआ था जैसा कि बाक़ी की गड्डी के पीछे थी, इसीलिए वह यह नहीं समझ पा रही थी कि ये माली हैं या सिपाही या दरबारी हैं या फिर ख़ुद उसके ही तीन बच्चे हैं।

"यह मैं कैसे जान सकती हूं?" एलिस बोली। वह अपनी दिलेरी को वापस पाकर हैरान हो गई थी, "यह मेरा काम नहीं है।"

रानी ग़ुस्से से लाल हो गई और चिल्लाई, "इसका सिर उड़ा दो!"

"यह क्या बकवास है!" एलिस ज़ोर से चीखी; तो रानी चुप हो गई।

राजा अदब से अपनी पत्नी की बांह छूते हुए फुसफुसाया, "ज़रा ध्यान से, मेरी प्यारी! यह तो अभी छोटी बच्ची ही है।"

राजा की तरफ़ से मुड़ते हुए रानी ने ग़ुस्से से तीनों मालियों को सम्बोधित किया, जो अभी भी वैसे ही लेटे हुए थे। वह कर्कश आवाज़ में ज़ोर से चिल्लाई, "उठ जाओ!"

दुग्गी, पंजा और सत्ता तुरन्त ही अपने पैरों पर उछलकर खड़े हो गए और झुक-झुककर राजा, रानी और सारे शाही बच्चों का अभिवादन करने लगे।

गुलाब के पेड़ की बारीक़ी से जांच करते हुए रानी ने पूछा, "तुम लोग यहां क्या कर रहे थे?"

अपने एक घुटने को ज़मीन पर टेकते हुए, दुग्गी ने बहुत ही विनम्र स्वर में जवाब दिया, "हम पर दया करें रानी साहिबा, हम तो यहां"

"तो यह बात है," रानी बोली। यह देखकर वह आग-बबूला हो गई थी कि गुलाब के फूलों को रंगा गया है। "इनके सिर उड़ा दो!"

इसके साथ ही उन तीनों बदक़िस्मत मालियों का सिर क़लम करने के लिए तीन सैनिकों को वहीं पर छोड़कर यह जुलूस आगे बढ़ गया। माली ख़ुद को बचाने के लिए एलिस की ओर भागे।

"घबराओ नहीं, तुम्हें कुछ भी नहीं होगा," एलिस ने उनसे वादा किया और उसने जल्दी से उन्हें अपने पास ही में रखे एक बड़े फूलदान में छुपा दिया।

दो-एक मिनट तक तीनों सिपाही मालियों को ढूंढ़ते हुए इधर-उधर भटकते रहे। आख़िरकार वे मार्च करते हुए बाक़ी सिपाहियों के पीछे-पीछे चलने लगे।

"क्या उनके सिर उड़ा दिए गए?" ग़ुस्से से चीखते हुए रानी ने पूछा।

"हुक्म की तामील हुई रानी साहिबा, उनके सिर क़लम कर दिए गए," चिल्लाकर सैनिकों ने जवाब दिया।

"बहुत ख़ूब," रानी चिल्लाई, "मेरी प्यारी, क्या तुम क्रोकिट खेल सकती हो?"

"हां," एलिस ने जवाब दिया। एक अप्रिय स्थिति से उबर जाने की वजह से वह राहत महसूस कर रही थी।

"तो फिर आ जाओ," रानी गरजकर बोली और एलिस उस शाही जुलूस में शामिल हो गई।

"आज...आज दिन बहुत सुहावना है," उसके बगल से एक धीमी आवाज़ आई। एलिस ने नीचे देखा। यह सफ़ेद ख़रगोश था, जो उसकी ओर देख रहा था।

प्रसन्नचित्त लड़की ने सहमति जाहिर की, "हां, वो तो है। जमींदारिन साहिबा नहीं आई?"

ख़रगोश फुसफुसाकर बोला, "उन्हें फांसी की सज़ा सुनाई गई है।" बोलते वक़्त उसने सावधानीपूर्वक अपनी बगल से ऊपर की ओर देखा।

"किस बात के लिए?" एलिस ने पूछा।

"रानी के कानों पर तमाचे मारने के लिए...," ख़रगोश बताने लगा। एलिस धीरे से हंसने लगी।

"ओह, चुप हो जाओ," ख़रगोश फुसफुसाया, "रानी सुन लेंगी।"

"सभी लोग अपनी-अपनी जगह संभाल लें," रानी चिल्लाई और जल्दी ही खेल शुरू हो गया।

क्रोकिट का यह मैदान बहुत ही अजीब था। मैदान में जोताई की लहरदार और गहरी रेखाएं पड़ी थीं। पूरा मैदान ही इतना उबड़-खाबड़ हो रहा था कि वहां किसी भी दिशा में गेंद को सीधा मारना असम्भव था।

सिर्फ़ इतना ही नहीं, गेंद की जगह ज़िन्दा झबरीले चूहे थे और मुंगरी की जगह पर लम्बी गर्दन वाले राजहंस थे। सिपाहियों ने सिर और पैर के बल ख़ुद को दोहरा कर घेरे बना रखे थे।

एलिस के लिए सबसे बड़ी दिक्क़त की बात यह थी कि सिपाही इतनी ज़्यादा देर उस मुद्रा में नहीं रह पा रहे थे कि वह अपनी बारी खेल सके।

यह स्थिति तब और भी ज़्यादा ख़राब हो गई, जब बिना दूसरे की बारी का इन्तज़ार किए और झबरीले चूहों के लिए आपस में लड़ते-झगड़ते सारे ही खिलाड़ी एक ही साथ खेलने लगे।

इस सबसे रानी के ग़ुस्से का वारापार न रहा, और वह अपने पैरों को पटकने और चिंघाड़ने लगी, "इस आदमी का सिर उड़ा दो!" और "उस औरत का सिर उड़ा दो!"

एलिस को बहुत ही घबराहट होने लगी, क्योंकि वह डर रही थी कि किसी भी क्षण रानी उसकी ओर भी मुड़ सकती है। 'तब मेरा क्या होगा?' उस बेचारी लड़की को चिन्ता होने लगी, "लगता है यहां इनको लोगों का सिर उड़ाने में कुछ ज़्यादा ही मज़ा आता है। तब तो यहां किसी का भी ज़िन्दा रह जाना आश्चर्य की बात होगी।"

अभी एलिस वहां आसपास कहीं भागने का रास्ता देख ही रही थी कि उसे हवा में एक बहुत ही अजीब दृश्य दिखाई पड़ा। बहुत नज़दीक से क़रीब दो-एक मिनट तक देखने पर उसे महसूस हुआ कि यह तो मुस्कुराते हुए दांत हैं।

“यह तो टेढ़े मुंह वाला बिल्ला है,” ख़ुशी से ताली बजाती हुई वह चिल्लाई, “अब मेरे साथ बात करने वाला कोई तो होगा।”

जैसे ही मुंह ठीक से बोलने लायक हुआ, बिल्ले ने पूछा, “क्या इन लोगों के साथ तुम्हारी पटरी बैठ रही है ?”

एलिस ने उसकी आंखों के दिखने तक इन्तज़ार किया और फिर इनकार में अपना सिर हिला दिया। एलिस ने सोचा कि जब तक उसके दोनों या कम-से-कम एक कान न दिखने लगे, तब तक बोलने का कोई भी फ़ायदा नहीं होगा।

अगले ही मिनट, उसका पूरा सिर दिखने लगा और एलिस ने उसे क्रोकिट के खेल का ब्यौरा देना शुरू कर दिया, वह शिकायत करने लगी, “मुझे नहीं लगता कि उन्हें ज़रा भी ढंग से खेलना आता है। वे लगातार ही लड़-झगड़ रहे हैं और लगता है कि उन्हें खेल के नियमों की कोई परवाह नहीं है। तुम सोच भी नहीं सकते कि वहां सारे विकेट, मुंगरी और गेंदें ज़िन्दा चीज़ हैं। उदाहरण के लिए, मैं एक घेरे के अन्दर गेंद डालने ही जा रही थी कि तब तक वह मैदान के दूसरे छोर की ओर चल पड़ा।”

“क्या तुम्हें रानी पसन्द आई ?” बिल्ले ने धीमी आवाज़ में पूछा।

“बिल्कुल भी नहीं,” एलिस ने जवाब दिया, “वह तो इस तरह से. ..,” अचानक उसने ध्यान दिया कि रानी उसके ठीक पीछे खड़ी होकर बातें सुन रही है। तो वह बोलती रही, “जीत रही हैं कि अब खेल का ख़त्म होना तो मात्र औपचारिकता-भर रह गया है।”

रानी मुस्कुराई और ख़ुश होकर वहां से चली गई।

“तुम किससे बातें कर रही हो ?” एलिस की ओर बढ़ते हुए राजा ने पूछा। वह बहुत ही उत्सुकता से बिल्ले की ओर ताक रहा था।

"वह टेढ़े मुंह वाला बिल्ला है," एलिस बोली, "मुझे अनुमति दें कि मैं आपसे उसका परिचय करा दूं।"

"मुझे तो उसकी तरफ़ देखना भी पसन्द नहीं है," राजा बोला, "हां, अगर वह चाहे तो मेरा हाथ चूम सकता है।"

"मैं भी नहीं चाहता," बिल्ले ने टिप्पणी की।

"गुस्ताख़ न बनो," राजा ने जवाब दिया, "मुझे इस तरह से घूरकर मत देखो।" यह बात बोलते वक़्त वह एलिस के पीछे खड़ा हो गया था।

"एक बिल्ला तो राजा को घूर ही सकता है," एलिस बोली, "यह मैंने किसी किताब में पढ़ा था, लेकिन कहां पढ़ा था यह मुझे याद नहीं आ रहा है।"

"ठीक है, लेकिन मैं यह बर्दाश्त नहीं करूंगा," अपनी हैसियत जताते हुए राजा चिल्लाया।

"मेरी प्यारी," उसने रानी को पुकारा, जो ठीक उसी समय वहां से गुज़र रही थीं, "मैं चाहता हूं कि तुम इस बिल्ले को यहां से हटवा दो।"

अब रानी के पास तो हर समस्या का, चाहे वह छोटी हो या बड़ी, एक ही समाधान था। बिना कहीं देखे, वह चिल्लाई, "उसका सिर उड़ा दो।"

राजा अधीर होकर बोला, "मैं ख़ुद ही जाकर जल्लाद को ले आता हूं," और वह तेज़ी से चला गया।

एलिस ने सोचा कि अब उसे भी वापस जाकर यह देखना चाहिए कि क्रोकिट का खेल कैसा चल रहा है। लेकिन खेल तो पहले से भी ज़्यादा गड़बड़ चल रहा था। ग़ुस्से में आकर एलिस ने अपने राजहंस

को अपनी कांख में दबा लिया था, क्योंकि वह लगातार वहां से भाग निकलने की कोशिश कर रहा था। टेढ़े मुंह वाले बिल्ले के चारों तरफ़ भीड़ को इकट्ठा देखकर वह दंग रह गई। वहां राजा, रानी और जल्लाद के बीच में ज़ोरदार बहस चल रही थी और सब-के-सब एक साथ ही बोले जा रहे थे। बाक़ी लोग चुप थे और बहुत बेचैन दिखाई दे रहे थे।

जैसे ही एलिस वहां पहुंची, तो तीनों लोग उसके पास चले आए और इस बारे में उसे अपने-अपने तर्क देते हुए उससे इस मुद्दे को हल निकालने का अनुरोध करने लगे। बदक़िस्मती से वे सभी एक साथ बोल रहे थे और इसी वजह से उनकी एक भी बात एलिस के पल्ले नहीं पड़ रही थी।

जल्लाद का तर्क था कि आप तब तक किसी का सिर नहीं काट सकते हैं, जब तक वह किसी धड़ से न जुड़ा हो। उसने ज़ोर देकर बताया कि पहले कभी भी उसने ऐसा कोई काम नहीं किया है, और अब उम्र के इस पड़ाव में आकर वह इस तरह का काम शुरू नहीं कर सकता।

राजा का तर्क था कि अगर किसी चीज़ का सिर है, तो उसे काटा भी जा सकता है। रानी ने दबाव डाला कि अगर जल्दी ही कुछ नहीं किया गया तो वह वहां पर मौजूद सभी लोगों को सज़ा-ए-मौत दे देगी। इस अन्तिम टिप्पणी की वजह से वहां पर जमा सभी लोगों के चेहरों पर दहशत और परेशानी के लक्षण नज़र आने लगे।

एलिस को इसके अलावा और कुछ भी नहीं सूझा कि, "यह ज़मींदारिन साहिबा का बिल्ला है। यह ज़्यादा अच्छा होगा कि आप लोग इस बारे में उन्हीं से बात कर लें।"

"वह क़ैद में है," रानी जल्लाद से बोली, "उसे यहां लेकर आओ।" और जल्लाद तीर की तरह वहां से निकल पड़ा।

जल्लाद के जाते ही बिल्ले का सिर ओझल होने लगा। जब तक वह ज़मींदारिन साहिबा को लेकर वापस आता, उसका सिर पूरी तरह ग़ायब हो गया था। राजा और जल्लाद पागलों की तरह से उसे यहां-वहां तलाशने लगे, जब कि बाक़ी सारे लोग क्रोकिट खेलने के लिए वापस चल दिए।

ज़मींदारिन साहिबा से थोड़ी बातचीत

"तुम इसका अन्दाज़ा भी नहीं लगा सकतीं कि तुम्हें दुबारा देखकर मुझे कितनी ख़ुशी हो रही है, मेरी प्यारी," एलिस की बांह में अपनी बांहें डालते हुए ज़मींदारिन बोली और वे साथ-साथ चलने लगे।

उसे अच्छे मूड में देखकर एलिस बहुत ख़ुश हुई। शायद उस दिन, जब कि वे रसोईघर में मिले थे, काली मिर्च की वजह से ही वह उतनी रूखी और ग़ुस्से में थी। उसे बड़ा ताज्जुब हुआ।

"जब मैं ज़मींदारिन बनूंगी," वह ख़ुद से बोली, हालांकि उसे इसकी कम ही उम्मीद थी, "तो मैं अपनी रसोई में थोड़ी-सी भी काली मिर्च नहीं रखूंगी। शायद यह काली मिर्च ही है, जो लोगों को गर्म-मिज़ाज बना देती है।"

वह अपनी नई खोज से बहुत ख़ुश थी, इसलिए उसने बोलना जारी रखा, "और सिरका उन्हें चिड़चिड़ा और चीनी उन्हें मीठे स्वभाव का बना देती है।"

"तुम किसी चीज़ के बारे में सोच रही हो, मेरी प्यारी," ज़मींदारिन ठीक उसके कान में बोली, "और इसी वजह से तुम बात करना तक भूल गई हो। मैं तुम्हें अभी तुरन्त तो यह नहीं बता सकती कि इससे क्या सीख मिलती है, लेकिन मैं इसे याद करके एक मिनट में बता सकती हूं।"

"शायद इससे कोई भी सीख न मिलती हो," एलिस ने टिप्पणी की।

"च, च...नौजवान लड़की," ज़मींदारिन बोली, "हर चीज़ में सीख छुपी होती है, बशर्ते कि तुम इसे ढूंढ़ सको।"

बोलते-बोलते वह एलिस के एकदम क़रीब आ गई और तब तक आगे आती रही, जब तक कि उसने उसे ज़ोर से दबाकर चटाख से चूम न लिया।

एलिस को यह बात बिल्कुल पसन्द नहीं आई, क्योंकि एक तो ज़मींदारिन बहुत ही कुरूप थी और दूसरे, उसने ठीक एलिस के कन्धे पर अपनी ठुड्डी टिका रखी थी। ओह, कितनी नुकीली ठुड्डी थी यह। ख़ैर, एलिस कोई बेरूखी नहीं दिखाना चाहती थी, इसलिए उस समय उसने इस स्थिति को जस का तस स्वीकार कर लिया।

"शायद खेल अब अच्छा चल रहा है," बातचीत को जारी रखने की कोशिश करती हुई वह बोली।

"हां, यह तो है," सहमत होते हुए ज़मींदारिन बोली, "और इससे यह सीख मिलती है कि 'ओह, यह प्यार, ये प्यार ही है, जिससे दुनिया चल रही है।'"

एलिस फुसफुसाई, "किसी ने कहा था कि अगर कोई अपने मतलब से मतलब रखे तो यह दुनिया चलती रहेगी।"

"हां ठीक है। इसका मतलब भी लगभग वही है," अपनी नुकीली ठुड्डी को एलिस के कन्धे पर गड़ाते हुए ज़मींदारिन ने कहा, "और इससे यह सीख मिलती है कि 'अपने होशो-हवाश दुरूस्त रखो तो तुम भी दुरूस्त रहोगे।' "

उसकी आख़िरी टिप्पणी को समझने की बेकार कोशिश करते हुए

एलिस ने सोचा कि उसे हर चीज़ में कोई सीख तलाशना कितना ज़्यादा पसन्द है।

थोड़ी देर चुप रहने के बाद ज़मींदारिन बोली, "तुम्हें शायद आश्चर्य हो रहा होगा कि मैंने तुम्हारी कमर पर हाथ क्यों नहीं रखा है। इसका कारण यह है कि मुझे पक्के तौर पर इस बात का पता नहीं है कि तुम्हारा हंस दोस्ताना स्वभाव का है या नहीं। क्या मैं उसे ज़रा पुचकार कर इसका पता लगाऊं?"

"वह काट सकता है," एलिस ने उसे चेतावनी देते हुए सावधान किया। बेचारे, थके हुए, घबराए पंछी को उसने ख़ुद से चिपटा लिया। ज़मींदारिन को यह खतरनाक प्रयोग करने देने के लिए वह ज़रा भी उत्सुक नहीं थी।

"बिल्कुल सच कहा," सहमत होते हुए जमींदारिन बोली, "राजहंस और सरसों दोनों काटते हैं। और इससे यह सीख मिलती है कि, 'चोर-चोर मौसेरे भाई।' "

"हां, मगर सरसों चिड़िया नहीं है," एलिस बात को ठीक करते हुए बोली।

"सही कहा," ज़मींदारिन बोली, "चीज़ों को रखने का तुम्हारा ढंग बहुत ही बढ़िया है।"

"मेरे ख़याल से सरसों एक पदार्थ है," एलिस बोली।

"बेशक, यह वही है," खनकती आवाज़ में जमींदारिन बोली। लग रहा था, जैसे वह एलिस की कही हर बात को मान लेने के लिए बेताब है। "मेरे आसपास ही यहां कहीं पर सरसों की एक बड़ी खान है। और इससे यह सीख मिलती है कि 'मेरे पास जितना ही ज़्यादा होगा, तुम्हारे पास उतना ही कम होगा।' "

"अरे हां, याद आया," एलिस चिल्लाई। उसने आख़िरी टिप्पणी ध्यान से नहीं सुनी थी। "सरसों एक साग होता है। यह कोई एक नहीं होता पर यह होता ज़रूर है।"

"मैं तुमसे सहमत हूं," ज़मींदारिन बोली, "और इससे यह सीख मिलती है कि 'जैसा तुम दिखना चाहती हो, वैसे ही रहो,' या और सरल ढंग से कहें तो, 'जैसी तुम औरों को नज़र आती हो कभी भी उससे अलग दिखने की कोशिश मत करो, वरना लोगों को तुम वैसी नहीं लगोगी, जैसी कि तुम हो या जैसी तुम थीं या फिर जैसी कि तुम औरों को नज़र आना चाहती हो।' "

एलिस विनम्रता के साथ बोली, "मेरे ख़याल से अगर यह बात लिखी हुई होती तो फिर मैं इसे पढ़कर ज़्यादा अच्छी तरह से समझ पाती। लेकिन बोलते हुए में, मैं इसे नहीं समझ सकी।"

"यह तो कुछ भी नहीं है, अगर मैं चाहूं तो इससे भी ज़्यादा कह सकती हूं," फूल कर कुप्पा होते हुए ज़मींदारिन ने जवाब दिया। आत्ममुग्ध होकर उसने अपने हैट को ज़रा-सा हिलाकर इसे अपने सिर पर ठीक से बैठाने की कोशिश की।

"मेरी गुज़ारिश है कि इससे भी ज़्यादा लम्बा कुछ बोलकर ख़ुद को तकलीफ़ मत दीजिए," एलिस बोली।

"अरे तकलीफ़ की कोई बात नहीं है," जमींदारिन लगभग चिल्लाई, "अभी तक जो कुछ भी मैंने कहा है, वह सब-कुछ मैं तुम्हें तोहफ़े में दे दूंगी।"

एलिस ने सोचा : यह बड़ा ही घटिया तोहफ़ा होगा। मैं तो यह सोचकर ख़ुश हो रही हूं कि लोग कम-से-कम जन्मदिन के मौक़े पर तो ऐसे तोहफ़े नहीं देते हैं। लेकिन यह सब एलिस मन-ही-मन सोच रही थी और इसे ज़मींदारिन से कहने का उसका कोई इरादा नहीं था।

"फिर से सोचने लगीं?" अपनी नुकीली ठुड्डी को उसके कन्धे पर ज़्यादा चुभाते हुए ज़मींदारिन ने पूछा।

"मुझे सोचने का हक़ है," एलिस थोड़े रूखे स्वर में बोली। अब उसे थोड़ी-थोड़ी उकताहट होने लगी थी।

ज़मींदारिन बोली, "उतना ही, जितना कि सुअरों को उड़ने का हक़ है, और इससे यह सी..."

एलिस को बहुत आश्चर्य हुआ कि अपने प्रिय शब्द 'सीख' को बोलने से पहले ही ज़मींदारिन की बोलती बन्द हो गई। एलिस को अपने हाथ में डला ज़मींदारिन का हाथ कांपता हुआ-सा महसूस हुआ। उसने ऊपर देखा। उसके ठीक सामने अपने हाथों को मोड़े हुए, रानी खड़ी थी। वह क्रोध की साक्षात प्रतिमूर्ति लग रही थी।

"आज दिन बड़ा सुहावना है, रानी साहिबा," बहुत ही कमज़ोर-सी आवाज़ में ज़मींदारिन बोली।

"अब मैं तुम्हें आख़िरी चेतावनी दे रही हूं," अपने पैरों को ज़मीन पर पटकते हुए रानी चिल्लाई, "या तो तुम यहां से दफा हो जाओ या फिर अभी तुरन्त ही तुम्हारा सिर उड़ा दिया जाएगा। तुम जो चाहो, चुन लो।"

ज़मींदारिन ने अपना रास्ता चुन लिया और वहां से नौ-दो-ग्यारह हो गई।

"चलो खेलने चलते हैं," रानी ने एलिस से कहा। एलिस इतना डर गई थी कि उसके मुंह से एक भी शब्द नहीं निकला। वह चुपचाप रानी के पीछे-पीछे क्रोकिट के मैदान की ओर चलने लगी।

दूसरे मेहमानों ने रानी की ग़ैरमौजूदगी का फ़ायदा उठाया और वे एक छायादार जगह में आराम कर रहे थे। हालांकि जैसे ही उन्होंने रानी

को देखा, वे फटाफट अपनी जगह पर वापस चले गए। हमेशा ही ख़राब मूड में रहने वाली रानी ने टिप्पणी की, कि एक क्षण की भी देरी होने पर उन्हें अपनी जान से हाथ धोना पड़ सकता था।

खेल के दौरान पूरे वक़्त रानी लगातार ही दूसरे खिलाड़ियों से झगड़ रही थी और चिल्लाती जा रही थी, "इस आदमी का सिर उड़ा दो!" यो "उस औरत का सिर उड़ा दो!"

जिन लोगों को रानी सज़ा सुनाती जाती, उन्हें सिपाही हिरासत में लेते जा रहे थे और इसके लिए उन्हें खेल का घेरा बनाने का अपना काम छोड़ना पड़ रहा था। थोड़ी ही देर बाद वहां कोई भी घेरा शेष नहीं बचा और राजा, रानी व एलिस को छोड़कर बाक़ी सभी खिलाड़ी हिरासत में थे और अपनी सज़ा का इन्तज़ार कर रहे थे।

लगातार चीख़ने और चिल्लाने की वजह से रानी हांफने लगी थी। वह एलिस के पास गई और उससे पूछा, "क्या तुमने कभी नक़ली कछुए को देखा है?"

बड़ी-बड़ी आंखें करके एलिस चिल्लाई, "नहीं, मैं तो यह भी नहीं जानती कि नक़ली कछुआ क्या होता है।"

"यह एक बछड़ा होता है, जिससे नक़ली कछुए का सूप तैयार किया जाता है," रानी ने समझाया।

"मैंने ऐसी किसी चीज़ के बारे में कभी भी देखा या सुना नहीं है," एलिस बोली। "तो फिर चलो," रानी बोली, "मैं चाहती हूं कि तुम उससे मिलो। वही तुम्हें अपनी ज़िन्दगी की कहानी सुनाएगा।"

जैसे ही वे एक साथ चहलक़दमी करते हुए कुछ दूर पहुंचीं, तो एलिस ने राजा को यह घोषणा करते हुए सुना कि वहां क़ैद किए सभी लोगों को माफ़ किया जाता है।

"चलो यह तो अच्छा ही हुआ," वह ख़ुद से बोली। उसने गहरी सांस ली और बहुत देर बाद पहली बार उसे राहत महसूस हुई। वह इस बात से ज़रा भी ख़ुश नहीं थी कि रानी ने इतने ज़्यादा लोगों को फांसी की सज़ा सुनाई थी।

एलिस और रानी काफ़ी दूर तक तो अच्छी तरह से चलते रहे। अचानक एक गिद्ध से ठोकर लगने की वजह से वे लड़खड़ा गईं, जो कि धूप में घोड़े बेचकर सो रहा था।

असल में यह गिद्ध एक दैत्य था, पर यह बाक़ी के दैत्यों से ज़रा अलग था। इसका सिर, पंख और पंजे बाज़ की तरह और बाक़ी शरीर शेर की तरह का था। यहां तक कि उसकी एक पूंछ भी थी। कई लोगों का तो यहां तक मानना था कि इसमें शेर और बाज़ दोनों के गुण मौजूद थे, यानी बाज़ की तरह सतर्क और शेर जैसा साहसी।

बेशक, रानी और लोगों के जैसी तो नहीं थी।

"उठो, आलसी कहीं के," वह दैत्य से कठोर स्वर में बोली, "और इस नौजवान युवती को नक़ली कछुए से मिलाने के लिए ले जाओ, ताकि यह उसकी कहानी सुन सके। मुझे वापस जाकर यह देखना है कि मैंने जिन लोगों को सज़ा-ए-मौत दी थी, उनका क्या हुआ है।"

इसके साथ ही वह एलिस को गिद्ध के साथ अकेला छोड़कर वापस चली गई।

नक़ली कछुए की कहानी

एलिस को गिद्ध का चेहरा बिल्कुल भी पसन्द नहीं आया, लेकिन उसने सोचा कि उसके साथ रहना, रानी के पीछे-पीछे चलने से तो ज़्यादा ही सुरक्षित है। इसीलिए वह एक बड़े पत्थर पर बैठ गई, उसने अपनी स्कर्ट ठीक की और इन्तज़ार करने लगी।

गिद्ध नींद से उठा और उसने अपनी आंखें मलीं। इसके बाद वह रानी को तब तक देखता रहा, जब तक कि वह नज़रों से ओझल नहीं हो गई। "क्या मज़ाक़ है ?"

"मज़ाक़ से तुम्हारा क्या मतलब है ?" एलिस ने पूछा।

"सचमुच, यह सब रानी की कल्पना है," गिद्ध बोला, "तुम्हें पता है, वे कभी भी किसी को सज़ा-ए-मौत नहीं देते हैं। आ जाओ।" एलिस ने सोचा, हो सकता है कि यह गिद्ध सतर्क और साहसी हो, लेकिन उसकी व्याकरण अच्छी नहीं है। मगर एक दूसरी ही चीज़ की वजह से वह ज़्यादा परेशान हो उठी थी।

उस विचित्र प्राणी के पीछे चलते हुए एलिस ने सोचा : हर कोई कहता है, यहां 'आ जाओ' मुझे पहले कभी भी इतने ज़्यादा आदेश नहीं दिए गए, कभी भी नहीं।"

अभी वे ज़्यादा दूर नहीं गए थे, जब कि उन्हें थोड़ी दूर आगे एक

चट्टान के किनारे पर उदास और अकेला बैठा नक़ली कछुआ दिखाई दिया। जब वे थोड़ा और नज़दीक पहुंचे, तो एलिस को उसकी सिसकियां सुनाई दीं, मानो उसका दिल टूट गया हो।

अचानक वह उसके प्रति गहरी सहानुभूति से भर गई। उसने गिद्ध से पूछा, "वह इतना दुखी क्यों है?"

गिद्ध ने पहले की तरह और लगभग उसी अन्दाज़ में जवाब दिया, "सचमुच, यह सब तुम्हारी कल्पना है। तुम्हें पता है, उसे कोई भी दुख नहीं है। आ जाओ।"

तो एलिस और गिद्ध नक़ली कछुए के पास चले गए। उसने आंसू भरी बड़ी-बड़ी आंखों से उन्हें देखा, लेकिन कुछ बोला नहीं।

गिद्ध बोला, "यह नौजवान लड़की तुम्हारी ज़िन्दगी की दास्तान जानना चाहती है। इसीलिए वह यहां आई है।"

"मैं इसे यह कहानी ज़रूर सुनाऊंगा," धीमी और गम्भीर आवाज़ में नक़ली कछुए ने जवाब दिया, "तुम दोनों बैठ जाओ और जब तक मैं इसे ख़त्म न कर लूं, तब तक एक शब्द भी मत बोलना।"

तो वे बैठ गए और कुछ मिनटों तक कोई भी नहीं बोला। एलिस ने मन में सोचा : अगर वह शुरू ही नहीं करेगा, तो मुझे नहीं लगता कि वह कभी ख़त्म भी कर पाएगा।

लेकिन औरतों के अन्दाज़ में दोनों हाथों को गोद में रखे वह धैर्यपूर्वक इन्तज़ार करने लगी।

"कभी मैं एक असली कछुआ हुआ करता था," गहरी आह भरते हुए आख़िरकार नक़ली कछुआ बोला।

इन शब्दों के बाद एक लम्बी ख़ामोशी छा गई। नक़ली कछुए की

अनवरत जारी सिसकियां और कभी-कभार गिद्ध की 'हिच्च!' की आवाज़ ही इस ख़ामोशी को भंग कर रही थी।

एलिस उठने को ही थी और वह कहने जा रही थी कि, 'इतनी दिलचस्प कहानी सुनाने के लिए आपका शुक्रिया।' हालांकि वह ख़ुद को यह सोचने से नहीं रोक सकी कि हो न हो उसे कुछ और भी सुनने को ज़रूर मिलेगा, इसलिए वह ख़ामोश होकर बैठी रही।

आख़िरकार नक़ली कछुए ने कहानी आगे बढ़ाई। अब भी वह बीच-बीच में थोड़ा-बहुत सिसक रहा था, मगर तब भी इस बार वह काफ़ी शान्त था। "जब हम छोटे थे तो हम समुद्र वाले स्कूल में पढ़ने जाया करते थे। हमारा टीचर एक बूढ़ा कछुआ था। हम उसे कछुआ जी कहा करते थे।"

"अगर वह यह नहीं था, तो फिर तुम उसे कछुआ जी क्यों कहते थे?" एलिस ने पूछा।

"हम उसे कछुआ जी इसलिए कहते थे, क्योंकि वह हमें पढ़ाता था," तुरन्त ही नक़ली कछुए ने जवाब दिया। "सचमुच, तुम बहुत मूर्ख हो।"

"ऐसे आसान सवाल पूछते हुए तुम्हें ख़ुद पर शर्म आनी चाहिए," अपनी पूंछ को आगे-पीछे झटकाते हुए गिद्ध बोला। इसके बाद वे दोनों ही ख़ामोश हो गए और बेचारी एलिस को घूरने लगे, जो चाह रही थी कि काश धरती फट जाए और वह उसमें समा जाए।

आख़िरकार गिद्ध ने नक़ली कछुए से कहा, "अब आगे भी बोलो, मेरे पुराने दोस्त। अब उसके पीछे पूरा दिन बर्बाद मत करो।"

नक़ली कछुए ने बोलना शुरू किया, "हां तो, हम लोग समुद्र में पढ़ने जाते थे, पर तुमको इस पर यक़ीन नहीं होगा।"

"मैंने ऐसा तो नहीं कहा," एलिस ने टोका।

"तुमने ऐसा ही कहा," नक़ली कछुआ ज़ोर देकर बोला।

इससे पहले कि एलिस बोल पाती, गिद्ध उसे घुड़कते हुए बोला, "चुप रहो!"

"हमें बहुत ही अच्छी तरह समझाया जाता था," नक़ली कछुए ने बात जारी रखी, "और तो और, हम हर रोज़ स्कूल जाते थे।"

"मैं भी रोज़ स्कूल जाती हूं। तुम्हें इस पर बहुत इतराने की ज़रूरत नहीं है," एलिस नकियाते हुए बोली।

"क्या वहां अतिरिक्त कक्षाएं होती थीं?" नक़ली कछुए ने उत्सुकता से पूछा।

"हां," एलिस बोली, "इनमें हम लोग फ्रेंच और संगीत सीखते थे।"

"और धोना-पोंछना?" नक़ली कछुए ने पूछा।

"बिल्कुल भी नहीं," एलिस नाराज़ होकर बोली।

"अहा! तब फिर तुम्हारा स्कूल इतना अच्छा नहीं था," चैन की सांस लेते हुए नक़ली कछुए ने जवाब दिया। "अब हमारे स्कूल को लो, वहां निर्धारित कक्षाओं के ख़त्म हो जाने के बाद 'फ्रेंच, संगीत और धोना-पोंछना की अतिरिक्त कक्षाएं' होती थीं।"

"अगर तुम समुद्र-तल में रहते थे, तो फिर तुम्हें धोना-पोंछना सीखने की कोई ज़रूरत या चाहत नहीं होनी चाहिए थी," एलिस बोली।

"यह सीखना मेरे बस के बाहर था," आह भरते हुए नक़ली कछुआ बोला, "मैं सिर्फ़ नियमित पाठ्यक्रम की ही पढ़ाई करता था।"

"यह क्या था?" एलिस ने पूछा। वह नक़ली कछुए के क़रीब खिसक गई, ताकि वह उसकी कही हर बात को अच्छी तरह समझ सके।

नक़ली कछुआ जवाब देते हुए बोला, "बेशक, हम भी चढ़ाई और लिटाई से शुरू करते थे और फिर अंकगणित की चार शाखाओं : जोड़, तोड़, बिगाड़, भगाव : को सीखा करते थे।"

यह सब सुनकर एलिस पूरी तरह चकरा गई। वह बुदबुदाकर बोली, "बिगाड़ के बारे में तो मैंने पहले कभी नहीं सुना है। यह क्या होता है?"

गिद्ध ने पीछे टेक लगा ली और वह आश्चर्य से अपने पंजों को झटकाते हुए चीख़ा, "क्या तुमने कभी बिगाड़ के बारे में नहीं सुना? मेरे ख़याल से तुम यह तो जानती ही होगी कि सजाव क्या होता है?"

"हां," एलिस धीरे से बोली, "इसका मतलब है किसी चीज़ को सुन्दर बनाना।"

अपनी बात जारी रखते हुए गिद्ध बोला, "हां, तो अब भी अगर तुम यह नहीं जानती कि बिगाड़ क्या होता है, तब तो वाक़ई तुम एकदम भोंदू हो।"

दैत्य के ख़राब रवैये की वजह से एलिस की इस बारे में और कोई भी सवाल पूछने की हिम्मत नहीं हुई। इसलिए वह जल्दी से नक़ली कछुए की ओर मुड़ी और बोली, "तुम और क्या सीखते थे?"

"एक विषय था परिहास," अपने हाथों पर विषयों को गिनता हुआ नक़ली कछुआ बताने लगा, "प्राचीन और आधुनिक परिहास, भूसागरगोल, फिर डूबकला और चमकाना और घूम-घूमकर रंग बदलना।"

"यह कैसे करते थे?" एलिस ने पूछा।

नक़ली कछुआ बोला, "मैं ख़ुद तो यह करके तुम्हें नहीं दिखा सकता। मैं अब बहुत सख़्त हो गया हूं और गिद्ध ने यह कभी सीखा ही नहीं।"

"सीखने का वक़्त ही नहीं था," गिद्ध सफाई देता हुआ बोला, "मैं साहित्य के शिक्षक के पास जाता था। वह एक बूढ़ा केकड़ा था, बहुत बूढ़ा।"

"मैं कभी भी उसकी कक्षा में नहीं गया," नक़ली कछुए ने दुखी होकर आह भरी। "जैसा कि साथ वाले कहते थे, वह हंसना और दुख प्रकट करना सिखाते थे।"

"हां बिल्कुल। वह यही सिखाते थे," दैत्य भी दुख जताते हुए बोला। अबकी बार दैत्य और कछुए, दोनों ने ही अपने शल्कयुक्त पंजों से अपना चेहरा ढक लिया।

"और तुम लोग स्कूल में रोज़ कितने घंटे गुज़ारते थे?" एलिस ने पूछा।

नक़ली कछुए ने उत्तर दिया, "पहले दिन दस घंटे, अगले दिन नौ घंटे और इसी तरह रोज़ एक-एक घंटा कम करती चली जाओ।"

"यह तो बहुत ही अनोखा ढंग है," एलिस लगभग चिल्लाई। अभी तक की बातचीत में वह और किसी भी चीज़ को सुनकर इतना आश्चर्यचकित नहीं हुई थी।

"यही वजह है कि लोग इन्हें लेसॅन्स कहते हैं," गिद्ध उसे समझाते हुए बोला, "क्योंकि वे हर रोज़ एक-एक कम होते जाते हैं।"

यह एलिस के लिए एकदम नई चीज़ थी। आगे कुछ बोलने से पहले वह थोड़ी देर इस पर सोचती रही। "तब तो ग्यारहवें दिन ज़रूर ही छुट्टी होनी चाहिए?"

"बेशक, ऐसा ही था," नक़ली कछुआ बोला।

"और फिर बारहवें दिन तुम क्या करते थे?" एलिस ने उत्सुकता से पूछा।

गिद्ध ने बहुत ही दृढ़ स्वर में उसे टोका, "बस, इन लेसॅन्स के बारे में इतना बहुत है। अब उसे खेल के बारे में कुछ बताओ।"

नक़ली कछुए ने गहरी आह भरी और अपने पंजे के पिछले हिस्से से अपना माथा सहलाया। उसने ग़मगीन होकर एलिस की ओर देखा और बोलने लगा, लेकिन दो-एक मिनट तक तो सिसकियों की वजह से उसकी आवाज़ ही नहीं निकली।

अपने बेचारे दुखी मित्र की पीठ को ज़ोर से हिलाते हुए और थपथपाते हुए गिद्ध बोला, "इसका हाल तो ऐसा हो रहा है, मानो इसके गले में हड्डी फंस गई हो।"

आख़िरकार किसी तरह नक़ली कछुए की आवाज़ लौटी, उसके आंसू गालों पर लुढ़कते जा रहे थे, वह बोला, "तुम समुद्र के अन्दर ज़्यादा तो नहीं रही होगी..."

"मैं वहां कभी भी नहीं रही," एलिस बोली।

"तब तो शायद तुम झींगा के बारे में भी नहीं जानती होगी।"

"मैंने सिर्फ़ एक बार इसे चखा है," एलिस बोलना चाहती थी, पर उसने यह न कहना ही ठीक समझा और वह बोली, "नहीं, बिल्कुल भी नहीं।"

"तब तो तुम्हें इसका ज़रा भी अन्दाज़ा नहीं होगा कि झींगा क्वाड्रिल कितनी मज़ेदार चीज़ होती है," नक़ली कछुआ बताने लगा। "हां तो तुम ज़रा धैर्य रखो, क्योंकि अब मैं तुम्हें इसके बारे में सब-कुछ बताने जा रहा हूं।"

झींगा क्वाड्रिल

"अब तुमने बात छेड़ ही दी है तो मैं जानना चाहूंगी कि झींगा क्वाड्रिल क्या होता है," एलिस उत्सुकता से बोली, "यह तो मैं जानती हूं कि यह एक नाच होता है, लेकिन किस तरह का नाच होता है : यह नहीं जानती?"

"यह एक चार कोनों में किया जाने वाला नाच है," उसके ठीक सामने उछलकर आते हुए गिद्ध बोला। बोलते हुए वह अपने पंजों को नचाता जा रहा था। "सबसे पहले तो तुम समुद्रतट पर एक लाइन बनाते हो..."

"दो लाइनें!" नक़ली कछुआ चिल्लाया। वह इस बातचीत में पिछड़ना नहीं चाहता था। "सील मछलियों, कछुओं सामन मछलियों और भी बहुत सारों की दो लाइनें बनाओ। इसके बाद जब तुम सारी जेलीफ़िशों मछलियों को अपने रास्ते से हटा लो..."

"अक्सर इसमें कुछ वक़्त लग जाता है," बीच में ही बात काटते हुए गिद्ध बोला।

"तुम दो बार आगे बढ़ जाओ..."

"हर बार अपने जोड़ीदार झींगा के साथ," गिद्ध ने समझाया।

"बेशक," नक़ली कछुआ सहमत होता हुआ बोला, "दो बार आगे बढ़ो, जोड़ीदार चुनो..."

"झींगे बदल लो और वापस अपनी जगह पर लौट जाओ," गिद्ध बात को जारी रखते हुए बोला।

"तुम्हें पता है," अब नक़ली कछुआ बोलने लगा, "इसके बाद तुम..."

"झींगों को फेंक दो!" हवा में उछलते हुए गिद्ध चिल्लाया।

"समुद्र में जितनी दूर तुम फेंक सकती हो, उतनी दूर फेंक दो।"

"तैरकर उनके पीछे जाओ," गिद्ध चीख़ा।

"समुद्र में कलाबाज़ी खाते हुए वापस मुड़ो," पागलों की तरह नाचते हुए नक़ली कछुआ चिल्लाया।

"फिर से अपना जोड़ीदार बदल लो!" दैत्य अपने फेफड़ों की पूरी ताक़त से चिंघाड़ा।

"फिर से तट पर लौट आओ और बस, नाच का पहला हिस्सा पूरा," नक़ली कछुआ बोला। अचानक उसका स्वर धीमा हो गया।

दोनों अजीबोग़रीब जन्तु, जो कि अभी तक पागलों की तरह हुड़दंग मचा रहे थे, बहुत उदास होकर फिर से बैठ गए और एलिस को देखने लगे।

"ज़रूर यह नाच बहुत ही बढ़िया होता होगा," वह धीरे से बोली।

"क्या तुम इसे थोड़ा-सा देखना चाहोगी?" नक़ली कछुए ने पूछा।

"हां-हां, ज़रूर," एलिस ने व्यवहार-कुशलता से जवाब दिया।

"आओ, ज़रा पहला टुकड़ा करके देखते हैं," नक़ली कछुआ गिद्ध से बोला, "जानते हो हम इसे झींगों के बिना भी कर सकते हैं। पर गाएगा कौन?"

"ओह, तुम्हीं गाओ," गिद्ध बोला, "मैं तो बोल ही भूल गया हूं।"

तो उन्होंने एलिस के चारों तरफ़ गोल-गोल घूमते हुए गम्भीरता से नाचना शुरू कर दिया। जब वे बहुत क़रीब आ जाते तो एलिस अपने पंजों पर उचक जाती। हवा में अपने पंजे लहराते हुए वे ताल के साथ नाच रहे थे, जब कि नक़ली कछुआ धीरे-धीरे और उदास आवाज़ में यह गाना गा रहा था :

ह्वाइटिंग बोली घोंघे से, "ज़रा अपनी चाल बढ़ाओ,
तेज़ चलो, थोड़ा तेज़ चलो,
ठीक पीछे है एक उलूपी जो
दबाए मेरी दुम को, चाल बढ़ाओ, ज़रा तेज़ चलो।
देखो कैसे कछुए और झींगे बढ़े चले आते हैं!
तट पर करते इन्तज़ार वे, क्या तुम भी आओगे
और नाचोगे साथ हमारे?
तुम्हें नहीं अन्दाज़ा, कितना मज़ेदार होगा ये नाच,
झींगों के संग हमें भी, जब वे फेंकेंगे बलखाती लहरो में!"
पर बोला घोंघा ह्वाइटिंग से, "दूर बहुत है, दूर बहुत है,"
तिरछी नज़र से देखा उसने...
वह शुक्रिया अदा कर, ह्वाइटिंग से बोला,
मैं ना नाचूंगा, मैं ना नाचूंगा।
नाच नहीं सकता, नहीं नाचूंगा,
नाच नहीं सकता, नहीं नाचूंगा।

"क्या दूरी से घबराते हो?" ह्वाइटिंग बोली,
"बस इंग्लैंड से थोड़ा ज़्यादा दूर और फ्रांस से भी पास है...
ना घबराओ प्यारे घोंघे, चलो आओ,
और नाचो हमारे संग,
नहीं आओगे, नहीं नाचोगे, आओ न, नाचो न
न घबराओ तुम, आओ नाचो, क्या नाचोगे नहीं संग हमारे?"

"शुक्रिया, नाच बहुत ही दिलचस्प था," एलिस बोली। आख़िरकार नाच के ख़त्म हो जाने पर उसने राहत की सांस ली। "ह्वाइटिंग मछली के बारे में यह अनोखा गीत मुझे पसन्द आया।"

"ओह, ह्वाइटिंग की भी ख़ूब कही," नक़ली कछुआ बोला, "तुमने इन्हें तो ज़रूर ही देखा होगा?"

"हां," एलिस बोली, "मैंने उन्हें देखा है रात्रिभो...," और वह वाक्य के बीच में ही रुक गई।

"यह रात्रिभो कहां है, यह तो मैं नहीं जानता, लेकिन अगर तुमने इन्हें इतनी बार देखा है तब तो तुम जानती ही होगी कि ये कैसे दिखते है?"

"मुझे लगता तो है," एलिस ने सोचते हुए जवाब दिया, "इनकी पूंछ इनके मुंह में होती है और इनके ऊपर चूरा (रोटी का) बिखरा रहता है।"

अपने मुंह पर हाथ रखकर हंसी दबाते हुए नक़ली कछुआ बोला, "चूरों के बारे में तुम ग़लत हो। लहरें इन सबको अपने साथ समुद्र में बहा ले जाती हैं। लेकिन इनकी पूंछ इनके मुंह में ज़रूर होती है..." नक़ली कछुए ने अपनी आंखें बन्द कीं और जम्हाई ली। वह गिद्ध से बोला, "उसे इसकी वजह और बाक़ी सब भी बताओ।"

गिद्ध बोला, "इसकी वजह यह है कि वे झींगों के साथ नाचने के लिए जाना चाहते हैं। इसलिए उन्हें समुद्र में फेंक दिया जाता है। तो वे बहुत दूर जाकर गिरते हैं। इसलिए उनकी पूंछ उनके मुंह में फंस जाती है और वे फिर से इसे बाहर नहीं निकाल पाते। यही सारी बात है।"

"शुक्रिया," एलिस ने विनम्रता से कहा, "यह बहुत ही दिलचस्प है। मुझे इससे पहले कभी ह्वाइटिंग के बारे में इतना ज़्यादा मालूम नहीं था।"

गिद्ध बोला, "अगर तुम चाहो तो मैं तुम्हें और भी बहुत कुछ बता सकता हूं। मसलन, क्या तुम जानती हो कि इन्हें ह्वाइटिंग क्यों कहते हैं?"

"मैंने इस बारे में कभी सोचा नहीं," एलिस बोली, "ऐसा क्यों कहते हैं?"

"यह बूट और जूतों के काम आती है," दैत्य गम्भीरता से बोला।

एलिस चक्कर में पड़ गई। "बूट और जूतों के काम?" उसने दोहराते हुए पूछा।

"क्यों, तुम्हारे जूतों को कैसे बनाया गया है? मेरा मतलब इन्हें किस चीज़ से चमकाया गया है?" गिद्ध ने पूछा।

एलिस ने अपने जूतों को देखा और एक मिनट तक सोचा, 'मेरे ख़याल से इन पर काला पॉलिश किया गया है।'

"समुद्र के भीतर बूट और जूतों में व्हाइटिंग (सफ़ेदी) से पॉलिश किया जाता है," मन्द स्वर में गिद्ध बोला।

"और वे बनते किससे हैं?" एलिस ने पूछा।

"जाहिर है, सोल और ईल (मछलियों के नाम) से," गिद्ध ने अधीर होकर जवाब दिया। "कोई भी श्रिम्प मछली तुम्हें यह बता सकती है।"

एलिस, जिसका ध्यान अभी भी गाने में ही लगा था, बोली, "अगर मैं ह्वाइटिंग होती, तो मैं उलूपी से कहती, 'प्लीज़ वापस जाओ! हम तुम्हारे साथ नहीं रहना चाहते हैं।' "

"उन्हें उसके साथ ही रहना पड़ता है," नक़ली कछुआ बोला। "कोई भी बुद्धिमान मछली उलूपी के बिना कहीं भी नहीं जाना चाहेगी।"

"उसके बिना कहीं भी नहीं जाना चाहेगी?" आश्चर्यचकित होकर एलिस बोली।

"बिल्कुल कहीं भी नहीं," नक़ली कछुआ बोला, "क्योंकि, अगर कोई मछली मेरे पास आती है और मुझसे कहती है कि वह कहीं घूमने जा रही थी, तो मैं यही पूछूंगा कि 'किस उलूपी के साथ जा रही हो?' "

"कहीं तुम्हारे कहने का मतलब 'किस उद्देश्य से' तो नहीं है?" एलिस ने पूछा।

"मेरे कहने का मतलब वही है, जो मैंने कहा," कुछ नाराज़ होते हुए नक़ली कछुए ने कहा।

एलिस की बगल में बैठते हुए गिद्ध बोला, "चलो, कुछ तुम्हारे कारनामे भी सुने जाएं।"

"आज सुबह से मेरे साथ जो घटनाएं घटी हैं, वे तो मैं तुम्हें बता सकती हूं, लेकिन उससे पहले की बात सुनाने का कोई फ़ायदा नहीं है, क्योंकि तब तो मैं कोई और ही थी," एलिस सावधानीपूर्वक बोली।

तो एलिस ने वहां से अपनी कहानी शुरू की, जब कि उसने पहली

बार सफ़ेद ख़रगोश को देखा था। शुरू-शुरू में तो वह थोड़ा झिझक रही थी। लेकिन दो जीव उसके दोनों बगल में बैठे हुए थे और ध्यान से उसकी बातें सुन रहे थे, इसलिए उसकी थोड़ी हिम्मत बंध गई और वह बोलती रही।

"ये तो बहुत ही अनोखी कहानी है," गिद्ध बोला, "अगर तुम थकी नहीं हो तो इसे फिर से सुना जाओ।"

"यह जीव मुझे कैसे आदेश दिए जा रहे हैं : एलिस ने सोचा। हालांकि वह उठी और उसने अपनी कहानी दोहरानी शुरू की, लेकिन उसका दिमाग़ झींगा क्वाड्रिल से इस क़दर भरा गया था कि वह यह समझ ही नहीं पा रही थी कि वह क्या कह रही है और शब्द उसके मुंह से अजनबियों की तरह निकलने लगे :

"झींगा की आवाज़ है आई, मैंने सुना कहते उसे,
'मुझे ज़्यादा पका डाला है तुमने, एकदम भूरा बना दिया है।'
बत्तख की नाक और आंखों को अपनी उसने पेटी से बांधा
था,
अब पैरों से पेटी और बटनों को वह खोलता है,
जब हो सूखी रेत, तो ख़ुश–ख़ुश वह हो जाता है,
गाता है तब वह ऐसे मानो शार्क को मुंह चिढ़ाता हो।
मगर कहीं जब लहर चढ़ी और शार्क दिखी तो,
डर के मारे चूं भी नहीं बोल पाता है।"

"यह सब बहुत ही बेवक़ूफ़ी भरा है," नक़ली कछुआ बोला। उसके चेहरे पर बहुत ही अजीब से भाव आ गए थे।

एलिस कुछ नहीं बोली। अपने चेहरे को दोनों हाथों से ढांपकर वह

घास में बैठ गई। वह डर रही थी कि कहीं एकदम स्वाभाविक तरीक़े से ऐसा ही कुछ फिर न हो जाए।

"मेरे ख़याल से तुम्हारे लिए अब चुप रहना ही ज़्यादा अच्छा होगा?" गिद्ध बोला। इसके बाद गिद्ध ने पूछा, "क्या हम लोग झींगा क्वाड्रिल का एक और टुकड़ा नाचने की कोशिश करें? या फिर तुम यह चाहोगी कि नक़ली कछुआ तुम्हें एक गाना सुनाए?"

"ओह, अगर नक़ली कछुआ इतने ही मेहरबान हैं, तो एक गाना सुना दें," एलिस ने उत्साहित होकर जवाब दिया।

"हुं। अब अपनी पसन्द मत बताने लगना," कुछ नाराज़-सा होता हुआ गिद्ध बोला। "उसे 'कछुआ सूप' वाला गाना सुना दो। मेरे बुज़ुर्ग दोस्त, सुनाओगे ना?"

ठीक उसी समय कहीं दूर से उन्हें एक मुनादी सुनाई दी, "मुक़दमा शुरू होने जा रहा है!"

"आ जाओ," गिद्ध चिल्लाया। इसके साथ ही उसने एलिस का हाथ पकड़ा और उसे साथ लेकर दौड़ पड़ा। अपने पीछे उन्हें हवा के झोंकों के साथ आती, नक़ली कछुए के गाने के पहले अन्तरे की धीमी आवाज़ सुनाई दे रही थी :

"प्यारा-प्यारा सूप, पौष्टिक और हरा,
इन्तज़ार करता, गरम रकाबी में धरा,
कौन है जो इतने स्वादिष्ट चीज़ पर न पड़े टूट
सूप है ये शाम का, प्यारा-प्यारा सूप!"

लेकिन तुरन्त ही एलिस का ध्यान बेचारे नक़ली कछुए के गाने से हटकर इस बात पर लग गया कि अब आगे क्या होने वाला है। इस

जगह पर घटनाएं इतनी तेज़ी से घट और बदल रही थीं कि जब तक कोई अपने सामने हो रही घटना पर ध्यान लगाने की कोशिश करता, तब तक कोई एकदम ही अलग चीज़ सामने आ जाती थी।

और जल्दी ही बेचारी ने इस बारे में सोचना छोड़ दिया। वह सिर्फ़ गिद्ध के साथ-साथ दौड़ने की कोशिश कर रही थी, जब कि वह उसे खींचते हुए दौड़ता चला जा रहा था।

पेस्ट्री किसने चुराई?

"कैसे मुक़दमे में जा रहे हैं, हम लोग?" हांफते हुए एलिस ने पूछा, वह गिद्ध की बगल में ही दौड़ती जा रही थी।

लेकिन दैत्य ने सिर्फ़ यही जवाब दिया, "आ जाओ," और अब वह ज़्यादा तेज़ दौड़ने लगा। उसके साथ बने रहने के लिए एलिस के पास और तेज़ी से दौड़ने के सिवा कोई चारा भी नहीं था।

जब एलिस और गिद्ध दौड़ते हुए अदालत के कमरे में घुसे तो वे हांफ रहे थे। उनके वहां पहुंचने तक पान का राजा और रानी अपने-अपने सिंहासनों पर बैठ चुके थे। शाही जोड़े के आसपास हर तरह के पंछियों और जानवरों का हुजूम इकट्ठा था, यहां तक कि वहां ताश के सारे पत्ते भी मौजूद थे।

ज़ंजीरों में जकड़ा गुलाम उनके ठीक सामने खड़ा था। उसके दोनों तरफ़ पहरे के लिए एक-एक सिपाही खड़ा था। सफ़ेद ख़रगोश राजा के पास ही खड़ा था, वह अपने एक हाथ में बिगुल और दूसरे में शाही फरमान लिये हुए था।

अदालत के बीचोंबीच एक मेज़ रखी हुई थी। इस पर पेस्ट्री की एक प्लेट रखी हुई थी। पेस्ट्रियां बहुत ही बढ़िया दिख रही थीं और इन्हें देखकर मुंह में पानी आ रहा था।

एलिस को अचानक बड़ी ज़ोर की भूख लग आई। उसने सोचा, "मेरे ख़याल से वे लोग मुक़दमा ख़त्म करने के बाद इसे सबमें बांट देंगे।" लेकिन जब वहां ऐसा कुछ भी होने की सम्भावना नज़र नहीं आई तो वह वक़्त गुज़ारने के लिए अपने आसपास देखने लगी।

इससे पहले एलिस कभी किसी अदालत में नहीं गई थी, लेकिन किताबें पढ़ने की वजह से वह इस बारे में काफ़ी कुछ जानती थी। "यह जज है," वह ख़ुद से बोली, "क्योंकि वह बड़ा-सा विग (नक़ली बाल) पहने हुए है।"

बहरहाल, जज ख़ुद राजा ही था, जिसने विग के ऊपर अपना ताज पहन रखा था। बदक़िस्मती से विग पर ताज कुछ जम नहीं रहा था और राजा बहुत ही अटपटा लग रहा था।

और यह रही जूरी के बैठने की जगह : एलिस ने सोचा, और मेरे ख़याल से ये बारह प्राणी ही इस जूरी के सदस्य हैं। एलिस ने उन्हें प्राणी इसलिए कहा, क्योंकि उनमें से कुछ जानवर थे और कुछ पंछी। ये सभी अपनी-अपनी स्लेटों में कुछ लिख रहे थे।

एलिस ने फुसफुसाकर गिद्ध से पूछा, "वे क्या लिख रहे हैं? अभी तो उनके लिखने के लिए यहां कुछ शुरू ही नहीं हुआ।"

गिद्ध फुसफुसाया, "वे अपने नाम लिख रहे हैं, ताकि वे मुक़दमा शुरू होने से पहले ही इन्हें भूल न जाएं।"

"मूर्ख," एलिस ज़ोर से बोली।

"अदालत में शान्त रहें," सफ़ेद ख़रगोश चिल्लाया। ठीक उसी समय राजा ने यह देखने के लिए अपना चश्मा पहना कि कौन बातें रहा है।

एलिस अपने कन्धों के ऊपर से यह देख सकती थी कि जूरी के सारे सदस्य अपनी-अपनी स्लेटों पर 'मूर्ख' लिख रहे थे। उनमें से एक

को यह नहीं पता था कि 'मूर्ख' कैसे लिखा जाता है और उसे यह लिखने का तरीक़ा अपने साथ वाले से पूछना पड़ा। "मुक़दमा ख़त्म होने तक तो इनकी स्लेटों का हाल बुरा हो जाएगा।"

छिपकली बिल भी इस जूरी का एक सदस्य था, उसकी पेंसिल बहुत चीं-चीं कर रही थी। इसके शोर से एलिस इतनी परेशान हो गई कि आख़िरकार जब वह कहीं और देख रहा था, तो उसने पीछे से जाकर उसके हाथ से पेंसिल छीन ली। इसके बाद तो बेचारे को मुक़दमा ख़त्म होने तक अपनी उंगली से ही लिखते रहना पड़ा। लेकिन, बदक़िस्मती से, वह अपनी स्लेट पर कोई निशान नहीं बना पाया।

"उद्घोषक, आरोप पढ़ो," राजा बोला।

सफ़ेद ख़रगोश ने तीन बार बिगुल बजाया और फिर शाही फरमान को खोला और कुछ इस तरह पढ़ने लगा :

"पान की रानी ने गर्मी के मौसम में एक दिन कुछ पेस्ट्रियां बनाईं। पान के गुलाम ने ये पेस्ट्रियां चुराईं और इन्हें चट कर गया।"

"सोचकर अपना फ़ैसला सुनाओ," राजा ने ज़ोर से जूरी को निर्देश दिया।

ख़रगोश ने टोका, "अभी नहीं, इससे पहले बहुत सारी चीज़ों पर ग़ौर करना होगा।"

"पहले गवाह को बुलाया जाए," राजा बोला, और तीन बार बिगुल बजाकर सफ़ेद ख़रगोश ने आवाज़ लगायी, "पहला गवाह हाज़िर हो!"

पहला गवाह हैट बनाने वाला था। वह अपने एक हाथ में चाय का कप और दूसरे हाथ में रोटी और मक्खन लिये आया। वह बोला, "इन चीज़ों को यहां लाने के लिए माफ़ी चाहता हूं, महामहिम, लेकिन जब मुझे बुलाया गया, तब तक मैंने अपनी चाय ख़त्म नहीं की थी।"

"तुम्हें यह ख़त्म करके आना चाहिए था," राजा बोला, "ख़ैर, तुमने चाय पीना शुरू कब किया था?"

हैट बनाने वाले ने मार्च ख़रगोश की ओर देखा, जो सुतक्कड़ चूहे की बांहों में बांहें डाले उसके ठीक पीछे-पीछे अदालत में दाख़िल हुआ था। वह बोला, "मेरे ख़याल से यह चौदह मार्च का दिन था।"

"पन्द्रह," मार्च ख़रगोश बोला।

"सोलह," सुतक्कड़ चूहा चिल्लाया।

"इसे लिख लिया जाए," राजा जूरी से बोला।

जूरी के सदस्यों ने फटाफट ये सारी तारीखें अपनी-अपनी स्लेटों पर लिख लीं, उन्हें जोड़ा और फिर डॉलर और सेंट में इसका उत्तर निकाल लिया।

"अपनी हैट उतार लो," राजा हैट बनाने वाले से बोला।

"यह मेरी नहीं है," हैट बनाने वाला बोला।

"चोरी की है!" जूरी की तरफ़ मुड़ते हुए राजा चिल्लाया और उन्होंने इसे दर्ज कर लिया।

हैट बनाने वाला अपनी बात साफ़ करते हुए बोला, "मैंने ये बेचने के लिए रखी हैं। मेरी अपनी तो कोई भी नहीं है। मैं हैट बनाने वाला हूं।"

"अपनी गवाही दो और देखो घबराओ नहीं, वरना मैं तुम्हें अभी फांसी पर चढ़वा दूंगा।"

लेकिन इसका गवाह पर कोई असर नहीं हुआ। वह रानी की ओर देखता हुआ असमंजस से कभी एक तो कभी दूसरे पैर पर खड़ा होता

रहा। इसी उधेड़बुन में उसने रोटी और मक्खन की जगह अपने चाय के कप का ही एक बड़ा टुकड़ा काट लिया।

ठीक उसी वक़्त एलिस को यह महसूस हुआ कि वह फिर से बड़ी हो रही है। पहले तो उसने सोचा कि उसे अदालत से बाहर चला जाना चाहिए। पर बाद में उसने यह फ़ैसला लिया कि जब तक वहां पर उसके बैठने के लिए जगह है, वह वहीं पर बैठी रहेगी।

"तुम तो मुझे दबाकर मार ही डालोगी," उसके बगल में बैठा सुतक्कड़ चूहा दर्द से बिलबिलाया, "मैं ठीक से सांस भी नहीं ले पा रहा हूं।"

एलिस दबे स्वर में बोली, "मैं कुछ नहीं कर सकती हूं। मैं बड़ी हो रही हूं।"

"तुम्हें यहां पर बड़े होने का कोई अधिकार नहीं है," सुतक्कड़ चूहा बोला।

"बेकार की बकवास न करो," एलिस तुनककर बोली, "तुम भी तो बड़े हो रहे हो।"

"हां ठीक है, लेकिन मैं ढंग से बढ़ रहा हूं, बेढंग से नहीं," सुतक्कड़ चूहा बोला। वह नाराज़ होकर उठा और अदालत के दूसरी ओर चला गया।

इस बीच रानी सारा वक़्त हैट बनाने वाले को ही घूरे जा रही थी। जैसे ही सुतक्कड़ चूहा अदालत के दूसरी तरफ़ जा रहा था, वह अपने एक अफ़सर से बोली, "ज़रा मुझे पिछली संगीत-सभा के गायकों की सूची लाकर दो तो।"

यह सुनते ही बेचारे हैट बनाने वाले की तो इतनी बुरी तरह से कंपकंपी छूटी कि उसके जूते ही खुल गए।

"अपनी गवाही दो," राजा ने ग़ुस्से से अपनी बात दोहराई, "वरना मैं तुम्हें फांसी पर चढ़ा दूंगा, फिर चाहे तुम घबराए हुए हो या नहीं।"

हैट बनाने वाला कांपती आवाज़ में बोला, "मैं एक ग़रीब आदमी हूं, महामहिम, और मैंने अपनी चाय पीनी भी शुरू नहीं की... और तब तक रोटी पर लगा मक्खन पिघल गया... और चाय चमकने लगी..."

"क्या चमकने लगी?" राजा ने पूछा।

"मैं 'च' से शुरू होने वाली चाय की बात कर रहा हूं," हैट बनाने वाले ने जवाब दिया।

"बेशक मैं यह जानता हूं कि चाय और चमकना 'च' से ही शुरू होते हैं! क्या तुमने मुझे मूर्ख समझ रखा है?" राजा बिगड़ते हुए बोला।

हैट बनाने वाला बोलता रहा, "इसके बाद तो बहुत सारी चीज़ें चमकने लगीं और मार्च ख़रगोश ने ही कहा था..."

"मैंने नहीं कहा," मार्च ख़रगोश ने उसे बीच ही में टोक दिया।

"वह इनकार कर रहा है," राजा बोला, "तुम इस हिस्से को छोड़ दो।"

हैट बनाने वाला वहां आसपास में देखने लगा कि कहीं सुतक्कड़ चूहा भी इस बात से इनकार तो नहीं करेगा। लेकिन उसने इनकार नहीं किया, क्योंकि वह गहरी नींद में सो रहा था।

अपनी बात जारी रखते हुए हैट बनाने वाला बोला, "इसके बाद मैंने थोड़ा और मक्खन व रोटी लिया।"

"लेकिन सुतक्कड़ चूहे ने क्या कहा था?" जूरी के एक सदस्य ने पूछा।

"मुझे याद नहीं आ रहा है," हैट बनाने वाला बुदबुदाया।

"तुम्हें ज़रूर याद आ जाना चाहिए, वरना मैं तुम्हारा सिर कटवा दूंगा," राजा ने टिप्पणी की।

अपने हाथ से चाय का कप और रोटी गिराकर, और एक घुटना टेकते हुए हैट बनाने वाला बोलने लगा, "मैं एक बहुत ग़रीब आदमी हूं, महामहिम।"

राजा बोला, "तुम बहुत ही ख़राब वक़्ता हो। अगर तुम इस मामले में सिर्फ़ इतना ही जानते हो तो तुम नीचे उतर सकते हो।"

हैट बनाने वाला बोला, "मैं और ज़्यादा नीचे नहीं जा सकता। मैं तो पहले ही फ़र्श पर उकडू हूं।"

"तब फिर तुम बैठ सकते हो," राजा ने जवाब दिया।

"क्या इसके बजाय मैं अपनी चाय ख़त्म कर सकता हूं?" हैट बनाने वाले ने पूछा। वह रानी की ओर देखता जा रहा था, जो कि सूची में गायकों की सूची पढ़ रही थी।

"तुम जा सकते हो," राजा बोला, और हैट बनाने वाला अदालत के कमरे से बाहर भागा। यहां तक कि उसने अपने जूते भी नहीं लिये।

"अगले गवाह को बुलाओ," राजा बोला।

अगली गवाह ज़मींदारिन की रसोइदारिन थी। वह अपने हाथ में काली मिर्च का डिब्बा पकड़े हुए थी, हालांकि एलिस यह बात उसके आने से पहले ही जान गई थी,। क्योंकि उसके अन्दर घुसते ही दरवाज़े के पास बैठे लोग छींकने लग गए थे।

"अपनी गवाही दो," राजा ने आदेश दिया।

"मैं नहीं दूंगी," रसोइदारिन ने घोषणा की।

राजा ने सफ़ेद ख़रगोश की तरफ़ देखा, जो धीमी आवाज़ में बोला, "महामहिम, आपको ख़ुद ही गवाह से जिरह करना पड़ेगा।"

"पेस्ट्री किससे बनती है?" राजा ने रहस्य भरे अन्दाज़ में पूछा।

"ज़्यादातर तो काली मिर्च से," रसोइदारिन बोली।

"गरूड़-बूटी से," उसके पीछे से एक उनींदी-सी आवाज़ आई।

"उस सुतक्कड़ चूहे का सिर उड़ा दो," रानी चीख़ी।

"उसे अदालत के इस कमरे से बाहर ले जाओ! उसकी मूंछें तक उड़ा दो!"

सुतक्कड़ चूहे के चले जाने के बाद, कुछ मिनटों के लिए तो पूरी अदालत में खलबली-सी मच गई थी। फिर से सारे मामले के शान्त होने तक रसोइया भी ग़ायब हो गया था।

"कोई बात नहीं," चैन की सांस लेते हुए राजा बोला। "अगले गवाह को बुलाओ।"

दबी ज़ुबान में रानी बोली, "मेरे प्यारे, अगले गवाह से भी जिरह तुम्हीं करो। इस सारे मामले ने तो मेरे सिर में दर्द कर दिया है।"

अगला गवाह कौन होगा, यह जानने के लिए एलिस उत्सुकतापूर्वक सफ़ेद ख़रगोश को सूची उलटते-पुलटते देखती रही।

शायद इन्हें अभी तक ज़्यादा गवाह नहीं मिल पाए हैं : उसने सोचा।

लेकिन एलिस के आश्चर्य का तब कोई ठिकाना न रहा, जब उसने सफ़ेद ख़रगोश को चीख़कर 'एलिस!' कहते हुए सुना।

एलिस की गवाही

"मैं यहां हूं," एलिस चिल्लाई। वह एकदम भूल ही गई थी कि पिछले कुछ मिनटों में वह कितनी बड़ी हो चुकी थी। वह इतनी जल्दबाज़ी में उछली कि जूरी-बॉक्स में बैठे जूरी के सारे सदस्यों को अपनी स्कर्ट के सिरे से हड़बड़ाते हुए वह उसके पार पहुंच गई। वे सभी बिलबिलाते हुए इधर-उधर लुढ़क गए। उन्हें देखकर उसे एक हफ़्ता पहले की घटना याद आ गई, दुर्घटनावश उसकी ठोकर लगने से गोल्डफिश मछलियों वाला कटोरा पलट गया था।

"मैं आप लोगों से माफ़ी चाहती हूं," वह उदास होकर बोली और जितनी जल्दी हो सकता था, उसने उन्हें उठाना शुरू किया। उसे यह आभास हो रहा था कि अगर जल्द ही उन्हें उठाकर वापस जूरी-बॉक्स में न रखा गया, तो वे मर भी सकते हैं।

राजा गम्भीर स्वर में बोला, "जब तक जूरी के सारे सदस्य वापस अपनी जगह पर नहीं बैठ जाते हैं, तब तक मुक़दमे की कार्यवाही शुरू नहीं हो सकती है।" बोलते हुए उसने एलिस की ओर कड़ी नज़रों से देखा।

एलिस ने जूरी-बॉक्स की ओर देखा, तो पाया कि जल्दबाज़ी में उसने छिपकली को सिर के बल रख दिया था और हिलने-डुलने में

असमर्थ वह बेचारा जीव हवा में अपनी दुम को हिलाए जा रहा है। जल्दी से उसने उसे उठाकर सीधे रख दिया।

जैसे ही जूरी के सदस्य इस आघात से उबरे और उन्हें उनकी स्लेटें और पेंसिलें वापस दे दी गईं, वैसे ही वे पूरे विवरणों के साथ अपने ऊपर बीती इस घटना का हाल लिखने में जुट गए। छिपकली को छोड़कर हरेक सदस्य यही कर रहा था, जब कि वह इतना हड़बड़ा गया था कि अपना मुंह बाये अदालत की छत को ताके जा रहा था।

"पेस्ट्री के इस मामले में तुम क्या जानती हो?" राजा ने एलिस से पूछा।

"कुछ नहीं," ईमानदारी से एलिस बोली।

"कुछ नहीं क्या?" आगे झुककर और उसे घूरते हुए राजा ने सख़्ती से पूछा।

"कुछ भी नहीं," एलिस बोली।

"यह बहुत महत्त्वपूर्ण है," राजा जूरी से बोला।

जूरी के सदस्यों ने अभी इसे अपनी स्लेटों में दर्ज करना शुरू ही किया था कि तभी सफ़ेद ख़रगोश बीच में ही बोल पड़ा। बहुत ही अदब के साथ वह बोला, "शायद महामहिम महत्त्वहीन कहना चाहते हैं।" ठीक उसी समय उसने राजा को आंख मारी और हास्यास्पद चेहरा बनाने लगा।

राजा बोला, "बेशक, मेरे कहने का मतलब महत्त्वहीन ही था," और वह ख़ुद ही बड़बड़ाने लगे, "महत्त्वपूर्ण, महत्त्वहीन, महत्त्वपूर्ण, महत्त्वहीन।" मानो बोलकर यह जांच रहे हों कि दोनों शब्दों में से कौन-सा ज़्यादा प्रभावशाली सुनाई दे रहा है।

जूरी के कुछ सदस्यों ने 'महत्त्वपूर्ण' लिखा और कुछ ने 'महत्त्वहीन' एलिस उनके इतनी पास ही थी, इसलिए वह इसे उनकी स्लेट पर लिखा हुआ देख सकती थी। उसने मन-ही-मन सोचा, "ख़ैर, इससे कोई फ़र्क़ नहीं पड़ता है।"

"ख़ामोश!" अपनी किताब पर झुकते हुए राजा बोला, "नियम संख्या बयालीस। एक मील से ज़्यादा ऊंचे लोग इस अदालत से बाहर चले जाएं।"

हर कोई एलिस को देखने लगा।

"मैं एक मील ऊंची नहीं हूं," एलिस ने कहा।

"लगभग दो मील ऊंची हो," रानी ने जोड़ा।

"ख़ैर, मैं जाने से इनकार करती हूं," एलिस बोली, "वैसे भी ऐसा कोई नियम नहीं है। यह नियम आपने अभी-अभी नया बनाया है।"

"यह इस किताब का सबसे पुराना नियम है," धड़ाक से अपनी किताब बन्द करते हुए, राजा खीझकर बोला। "सोचकर अपना फ़ैसला सुनाइए," कांपती आवाज़ में उसने जूरी के सदस्यों को निर्देश दिया।

सफ़ेद ख़रगोश जल्दी से उछलते हुए बोला, "महामहिम, अगर चाहें, तो अभी और गवाहों को भी आना है। यह कागज़ अभी-अभी बरामद हुआ है।"

"इसमें क्या लिखा है?" रानी ने पूछा।

"मैंने अभी तक इसे खोला नहीं है," सफ़ेद ख़रगोश बोला, "लेकिन यह एक चिट्ठी लग रही है, जिसे शायद क़ैदी ने कि... किसी के लिए लिखा है?"

"यह तो वैसे भी सम्भव नहीं है कि यह किसी को भी न लिखी

गई हो," राजा बोला, "तुमको पता होगा कि यह कोई तरीक़ा तो होता नहीं।"

"यह किसके नाम लिखी गई है?" जूरी के एक सदस्य ने पूछा।

"यह किसी के भी नाम नहीं लिखी गई है," सफ़ेद ख़रगोश बोला। "मतलब कि इसके बाहर कुछ भी नहीं लिखा है।" उसने काग़ज़ की तह खोली और आगे बोला, "यह कोई चिट्ठी नहीं है। यह तो एक कविता है।"

"क्या इसमें क़ैदी की लिखावट है?" जूरी के एक और सदस्य ने पूछा।

"नहीं, यह उसकी लिखावट में नहीं है, और यही इसमें सबसे अजीब बात है," सफ़ेद ख़रगोश बोला। जूरी के सभी सदस्य चकरा गए।

"हो सकता है उसने किसी और की लिखावट की नक़ल की हो," राजा बोला। इस बात से जूरी के सभी सदस्यों के चेहरे खिल उठे।

"नहीं, महामहिम, मैंने इसे नहीं लिखा है और वे इस बात को साबित भी नहीं कर सकते कि यह मैंने लिखी है। इसके अन्त में किसी के दस्तख़त भी नहीं हैं," गुलाम बोला।

राजा बोला, "अगर तुमने इसमें दस्तख़त नहीं किए हैं, तो भी इससे मामला बिगड़ता ही है। अगर तुम्हारा कोई बदमाशी करने का इरादा नहीं होता, तो तुमने ज़रूर किसी ईमानदार आदमी की तरह इसमें दस्तख़त कर दिए होते।"

इस पर अदालत में मौजूद सभी ने ज़ोरदार तालियां बजाईं। उनके ख़याल से आज पूरे दिन में राजा ने पहली बार कोई बुद्धिमानी की बात कही थी।

"बेशक इससे उसका जुर्म साबित हो जाता है," रानी बोली, "तो उड़ा दो..."

"इससे कुछ भी साबित नहीं होता है," एलिस बोली, "और अभी तो आप यह भी नहीं जानते कि आख़िर कविता किस बारे में लिखी गई है।"

"इसे पढ़ो," राजा ने आदेश दिया।

जैसे ही सफ़ेद ख़रगोश ने इसे पढ़ना शुरू किया, अदालत में एक गहरी ख़ामोशी छा गई।

"उन्होंने मुझे बताया कि तुम उसके पास गए थे,
और बताया मेरे बारे में तुमने;
उसने मुझे भुला बताया,
लेकिन बोली मुझे नहीं आता है तैरना।
उसने जाकर उन्हें वचन दिया कि मैं नहीं गया था,
हमें पता है यह सच है;
अगर कहीं वह इस मामले पर ज़ोर डालती,
तो बोलो तुम्हारा क्या होता?
मैंने उसको एक दिया, उन्होंने उसे दो दिए।
तुमने हमें तीन या फिर और भी दिए;
उन्होंने उससे लाकर तुम्हें दे दिए,
जब कि वे मेरे थे पहले।
अगर मुझे या उसे कहीं इस मामले में
पड़ने का मिला होता मौक़ा,
उसे यक़ीन है तुम उन्हें छुड़ा लोगे,

जैसे तुमने हमें छुड़ाया।
मैंने यही सोचा था तुम कर लोगे
इससे पहले कि उसे दौरा पड़े
एक बाधा खड़ी हो उसके
और हमारे बीच, यही हुआ।
अब उसे यह पता न चले क्योंकि वह उन्हें चाहती है,
अब न किसी को यह बात बताना
यह राज हमेशा छुपा रहे
मेरे और तुम्हारे बीच।"

"हमने अब तक जितनी भी गवाहियां सुनी हैं, यह उन सबसे महत्त्वपूर्ण है," राजा बोला।

"मुझे नहीं लगता कि इससे एक रत्ती भी अर्थ निकलता है," एलिस ने जवाब दिया। यह कहते वक़्त तक वह इतनी बढ़ चुकी थी कि अब राजा को टोकते हुए भी वह नहीं डरी।

"अगर इससे कोई मतलब नहीं निकलता है," राजा बोला, "तो हमारी बहुत सारी समस्याएं हल हो जाएंगी, क्योंकि तब हमें इससे कोई अर्थ निकालने की ज़रूरत ही नहीं पड़ेगी। पर पता नहीं क्यों," काग़ज़ को अपने घुटनों पर फैलाकर और इसे पढ़ते हुए राजा बोला, "मुझे इससे कुछ अर्थ निकलता दिख रहा है, आख़िरकार... बोली मुझे नहीं आता है तैरना... तुम तैर तो नहीं ही पाते होगे या फिर तैर लेते हो?" उसने गुलाम से पूछा।

गुलाम ने उदासी से अपना सिर हिलाया, "क्या मुझे देखकर ऐसा लगता है?" गत्ते का बना होने की वजह से वाक़ई उसे देखकर ऐसा नहीं लगता था।

राजा छन्दों को बुदबुदाता जा रहा था, " 'हमें पता है यह सच है'... जाहिर है यह जूरी से कहा गया है... 'अगर कहीं वह मामले पर ज़ोर डालती'... यह शायद रानी को सम्बोधित है... 'तो बोलो तुम्हारा क्या होता?'.... क्या बात है!... मैंने उसको एक दिया, उन्होंने उसे दो दिए'... यह ज़रूर पेस्ट्री के साथ उसने जो किया, उस बारे में होगा।"

"लेकिन अभी आगे यह भी है कि 'उन्होंने उससे लाकर तुम्हें दे दिए'," एलिस बोली।

"क्यों वहां तो रखी हैं ये," मेज़ के ऊपर रखी पेस्ट्रियों की तरफ़ इशारा करते हुए विजयी स्वर में राजा बोला। "इससे ज़्यादा साफ़ तो कुछ भी नहीं हो सकता है। अब फिर... इससे पहले कि उसे दौरा पड़े'... तुम्हें तो कभी दौरे नहीं पड़े,... मेरी प्यारी, है न?" उसने रानी से पूछा।

"कभी नहीं!" रानी चिल्लाई। बोलते हुए उसने छिपकली पर स्याही की दवात दे मारी। बदक़िस्मत बिल ने अपनी स्लेट पर लिखना बन्द कर दिया था, क्योंकि उसकी उंगली से उस पर कोई निशान नहीं पड़ रहे थे। तुरन्त ही उसने अपने मुंह से टपकती स्याही का इस्तेमाल करना शुरू कर दिया।

"तब इन शब्दों का दौरा तुम्हारे ऊपर नहीं पड़ता," राजा ने कहा और मुस्कुराते हुए अदालत में चारों ओर देखने लगा। वहां एकटक ख़ामोशी छायी हुई थी।

"यह एक मज़ाक़ था," राजा ग़ुस्से से बोला और सभी हंसने लगे, "अब जूरी अपराधी को फ़ैसला सुनाने के मसले पर ग़ौर करें।"

"नहीं, नहीं," रानी बोली। "पहले सज़ा... फिर फ़ैसला।"

"फ़ैसले से पहले सज़ा सुनाने की बात तो एकदम बेतुकी है," एलिस ज़ोर से चिल्लाई।

"अपनी ज़बान पर क़ाबू रखो," ग़ुस्से से लाल पड़ती हुई रानी चीख़ी।

"मैं नहीं रखूंगी," एलिस भी बिगड़कर बोली।

"उसका सिर उड़ा दो," रानी चिल्लाई, लेकिन कोई भी अपनी जगह से नहीं हिला।

"मैं तुम लोगों से नहीं डरती हूं," एलिस बोली। अब तक वह अपनी सामान्य लम्बाई में आ चुकी थी। "तुम और कुछ नहीं, सिर्फ़ ताश के पत्ते ही तो हो।"

अचानक ताश के सभी पत्ते हवा में उछल पड़े और उड़ते हुए उसके ऊपर आकर गिरने लगे। चिल्लाते हुए एलिस उन्हें हाथों से हटाने लगी और उसने पाया कि वह नदी के तट पर अपनी बहन की गोद में सिर रखकर सो रही थी। उसकी बहन प्यार से उसके चेहरे पर गिरे पेड़ों की पत्तियों को झाड़ रही थी।

"उठ जाओ, प्यारी एलिस," उसकी बहन बोली, "क्या ख़ूब नींद ली है तुमने भी।"

"ओह, मैंने बहुत ही अजीब सपना देखा," एलिस ने जवाब दिया और फिर उसने अपनी बहन को वह सारा अनोखा क़िस्सा सुना दिया, जिसे अभी आप ने पढ़ा है।

जब उसने अपनी कहानी ख़त्म की, तो उसकी बहन ने उसे चूमा और बोली, "वाक़ई, यह बहुत ही अजीब सपना था, लेकिन अब तुम्हें जाना चाहिए और अपनी चाय पी लेनी चाहिए। देर होती जा रही है।"

तो एलिस उठी और दौड़ पड़ी। दौड़ते हुए वह यह सोचती जा रही थी कि कितना मज़ेदार सपना था यह भी। न जाने क्यूं उसे यह लग रहा था कि उसे ज़िन्दगी-भर यह सपना याद रहेगा।

• • •